有计划地浪费一生

曹缦兮 著

南京出版传媒集团
南京出版社

图书在版编目（CIP）数据

有计划地浪费一生 / 曹缦兮著 . -- 南京：南京出版社，2024.1

ISBN 978-7-5533-4439-3

Ⅰ . ①有… Ⅱ . ①曹… Ⅲ . ①散文集－中国－当代 Ⅳ . ① I267

中国国家版本馆 CIP 数据核字（2023）第 211179 号

书　　名：有计划地浪费一生
作　　者：曹缦兮
出版发行：南京出版传媒集团
　　　　　南 京 出 版 社
社址：南京市太平门街 53 号　　　　邮编：210016
网址：http://www.njcbs.cn　　　　电子信箱：njcbs1988@163.com
联系电话：025-83283893、83283864（营销）　025-83112257（编务）

出 版 人：项晓宁
出 品 人：卢海鸣
责任编辑：包敬静
策划编辑：邹云香
特约编辑：吴楚楚
封面插画：会飞的燕子
装帧设计：石　慧
责任印制：杨福彬

排　　版：南京新华丰制版有限公司
印　　刷：南京新世纪联盟印务有限公司
开　　本：889 毫米 ×1194 毫米　　1/32
印　　张：10.25
字　　数：193 千
版　　次：2024 年 1 月第 1 版
印　　次：2024 年 1 月第 1 次印刷
书　　号：ISBN 978-7-5533-4439-3
定　　价：50.00 元

用微信或京东
APP扫码购书

用淘宝APP
扫码购书

在乏味的人间，有迷人的花园

曹　韵

人的一生该怎么过呢？

少年时不太考虑这个问题，怎么开心便怎么来，或者说无论怎么来，结果都是开心的。关于一生这件事，那时候永远不用着急出发，总是觉得生命多多少少是拿来浪费的，一身疲惫仅仅一顿好觉就可以解决，一生仿佛就在眼前，又在很远。

可随着年岁增长，日子里就挤满了庸常。

清早，太阳光临这个城市，然后光临每个人的窗户，城市的热闹总在闹钟吵得要死之前，吵得要死。日子过得像是很有抱负，惯常早起、买上早饭，赶恰到好处或是匆匆错过的早班车，自然是拥挤不堪，却早习以为常地重复习惯。每个人都很匆忙，人车的河流，交错而蛮横地在城市里开始流淌，就像一首歌所唱的：同一条人行道上，你去往你的，我去往我的，漂亮生活。一整个白天，所得到的无非是疲惫，无非是一些总是短缺的薪水，于是整整一天的时间，最后都被夜色通通收走。

人们过着能够得着的日子，却又总想着在这个城市撒点野，可一旦躺在床上，连翻个身都难。日子就这么日复一日，天复一天，组成了一年，如果没有什么改善，便年复一年组成了一生，而一生的常态又很可能多是：在时间里我一无所获，在失望中我满载而归。

从这里说起，真的很喜欢在每个着急忙慌的城市依然可以生活得很性感的人，这种人好像永远可以找到归属感，不会因为想到某些事或者某个地方就觉得整颗心没有了着落。早晨是带着丰沛的新鲜感走出家门的，这个城市张开怀抱等着他，等着他的怡然自得。他们也会有一些事情和情绪每天依然发生，但可能就像一片叶子跌在了肩头一样，谈不上紧张，好整以暇地看着，笑一笑，然后用手轻轻掸开，顺道还会欣赏一下它们乘风飘荡的样子，活得像闲庭散步，显得特别迷人。

在我的认知中，缦兮便是这样的人，记得第一次见面是在她开的其中一家咖啡店，坐落于崂山半山腰，开车过去的路上，沿途是五月的山海，山葱郁着，海平静着，天无风，日子从容。

在一下午的畅谈中，得知她的新书要出版，很开心得到了作序的邀请，但始终不知该如何诚恳落笔，花了两个月时间断断续续读完书稿，心底里除了喜欢，生出最多的便是羡慕，羡慕有人真的可以在着急忙慌的城市依然可以生活得性感，羡慕她在乏味的人间，有自己迷人的花园。

她的文字，一面是强大而丰盛的，对于工作和事业有着长远而清晰追求，创业、开店、写作等等都经营得有声有色。一面又是感性而松弛的，对于闲适的生活有着强烈的执迷，时时刻刻有一颗复得返自然的心。好像这也是我们这一代人的真实写照，既在樊笼中追求自身想要的成功，又拥有值得遐想的精神向往，不同的是，我们大多数人都还在苦苦迷思，而她已经找到了绝佳的平衡，就像我们见面的那家咖啡馆，靠近繁华之城，却又与山海紧密不分，两者是一种难得又绝妙的平衡，而这本书，写的便是她的生活、经历、思考、旅行、收获等等，读来总是能或多或少看到自己，所以也借这次作序的机会，诚挚地给每个人推荐。

说起这本书，还有一个比较特别的缘分，在阅读的过程中，脑海中总是跳出自己写过的一首诗《有计划地浪费一生》，于是便将此建议作为她的书名，意外得到她的应允，也得到很多朋友的喜欢，我想这也是因为大家都有相似的感受和思索，这首诗在发出来的时候，很多读者朋友表示其实倒过来读也很好，这个发现让我欢欣不已，似乎恰好照见了人生的谜题。

回到开头的那个问题，人的一生该怎么过呢？许多人问过这个问题，我也问过自己许多遍，但答案永远在变。在一生的迷途中，我们有时候窃喜自己是自己，有时候也失落自己只是自己。其实大家一辈子都是独角戏，从始至终都是在跟住在心里的那个自己打交道，所有的人啊事啊，都只是来搭戏的罢了，而你，只是在专注于搞定自己，到死放弃，于是这个问题，你只能叩问自己，答案不在别处。

我知道人生多是用来搞砸的，不要介怀！我也知道人生没有什么所谓的远大前程，留给我们的不过尽是些瞎折腾！我知道，我知道人生残酷，但我还是忍不住，有许多幻想。所以我常常能做的，就是带着这个复杂又矛盾的自己，带着自己的蠢笨，一路狂奔，去敲这个可爱世界的大门。然后认定为有计划地浪费一生，问清自己想要的人生到底是如何，并且做好计划，再用自己喜欢的方式去过，至于最终是不是被浪费，我想那时自己也应该是可以欣然接受的吧。

有计划地浪费一生也好，浪费有计划的一生也罢，无论如何，愿我们永远过得性感，最终都没有遗憾。

自　序
拥抱自己的快乐

我在山间民宿小住的时候，外面总有燕子飞过，等我出去的时候，它们翅膀蹁跹，飞走了，就像那段已经逝去的时光，我看着它们越来越远的影子，心里有一点怅惘。

大学毕业，刚接触社会时，我对金钱对名声有着无限渴望，以及拥有着想时刻证明自己的迫切之心，那个时候我始终处于一种很紧绷的状态。

从前的我经常跟自己说：所有的青春都应当是有价值的，不该被虚度。于是我毕业的这五年时间里，没有选择一条看似稳妥的路，而是选择跌跌撞撞地向前。这五年里，我靠写作开了民宿和咖啡店，过上了心中向往的生活。这个过程是我离梦想越来越近的欣喜，也是自己快速成长的证明。

民宿和咖啡馆都是按照我喜欢的风格装修。咖啡馆的一整面墙上都摆满了书籍，每个阳光温暖的午后，一只懒猫，一壶咖啡，手边三五本喜欢的书，慵懒、简单、幸福，这小小的天地成为自己的乌托邦，接待着五湖四海的朋友。

　　毕业之后，我继续在网上写小说，在某个拥有3万多作者的小说APP上，我排名前三，是年度最受读者关注的人气作者之一。我越来越相信一句话，很多事情不是因为看到成果了才坚持，而是坚持了才能看到成果。而人生能有一两件可以坚持到底的事情，遵循内心不求回报，便拥有了最好的价值和意义。

　　我现在的生活日渐规律，白天的时候在店里待着，不一定在哪个店，简单来说，哪个店需要我，我就在哪里。

　　在店里会遇到很多有趣的顾客，偶尔我会站在吧台里和顾客说说闲话，但大多数时间我都是抱着一台电脑在店里忙自己的事。

　　晚上我会回家看书、码字，这是一段只属于我自己独处的时光，谁都不能打扰我。

　　我码字的时候偶尔会开直播，流量大的时候有上万人观看，还有粉丝留言说："我从小就读'七忆欢'的文章。"我忍不住笑出声来，但仔细算算，确实也八年过去了，好多读者像我一样慢慢长大了。

我喜欢出远门旅行，在朋友家蹭住，两人躲在被窝里说些悄悄话；喜欢一个人到海边看海，看孤独的岛，不落情缘；喜欢种下满院的花，花朵温柔，像含笑的眼眸……

这一件件事，成为生活中的一个个小片段，然后又幻化成记忆里的一个光影，或许景色再平常不过，但我为它们镶了一道晶亮的边。出这本书的初衷就是想把每件事都留下一段文字，哪怕在日后的时光里，事件已经蒙尘，但是文字却可以依旧发光。

这是我人生中第二本写自己生活的书，如果说上一本书是送给自己大学毕业的礼物，那这一本就是记录自己现阶段的梦想实现，过上了喜欢的生活。

我把创业道路上的艰辛和不易，把乡村生活的静与美，还有对某种理想生活的期盼和向往全都写在这里了。当你翻开这本书，就像参加了一个分享交流会，希望你能知晓我的表达，也可以读到一份坚定和温柔。我们无法让所有人满意，也无意取悦所有人，有那么多人希望成为他人的灿烂暖阳，而我只想做自己的澄明月光，周围有点点星光作伴，彼此独立，彼此照耀。

随着时间的流逝，我不再那么紧绷地生活，我不再认为浪费时间就是十恶不赦的事情，我开始更大限度地去拥抱自己的快乐。

况且那些你正在享受的时光，又怎么能称之为浪费呢？

所以何为真正有意义的一生，如今的我看来，是我们按照自己喜欢的方式，去度过一生。

人生很长，无论选择用何种方式度过自己的一生，都是你的自由。而保持一个好的状态就拥有了源源不断的好运气，不为自己的付出感到委屈，也不因为自己的努力没有得到回报而感到懊恼，那些你积累的点滴，终有一天会汇成长河。

有计划地浪费一生，是我对自己余生的期盼。

曹缦兮

2023 年 8 月

愿我们都能成为那个想成为的自己，
并以此为傲。

有计划地浪费一生

目　录

17℃的春
天气在回暖，所有的盼望都将实现。

29℃的夏

耀目光华成为海面上的点点星光。

有计划地浪费一生

25℃的秋

天空很高，有大朵大朵的云彩。

有计划地浪费一生

-2℃的冬

未融化的雪像糖霜一样铺满山峦。

17 ℃ 的

春

天气在回暖，
所有的盼望都将实现。

注视花朵

烟草味混杂了烤面包的味道，大雪覆在褐色的泥土上耐心等待，来自广西的朋友三月真诚地夸赞北方光秃秃的树好看。

午后2点的阳光洒在吧台上，猫咪小黑在沙发上伸懒腰，留下黑色绒毛。我的合伙人赵印拿着一个泡满枸杞的绿色保温杯，带着冬日的寒气走进来。

我坐在一把绿色坚硬的椅子上，发呆，和温柔闲暇的时光一起留在冬天里。

就这样，春天了。

突然十几度的温度让人有点不适应，暖风拂面，忍不住贪婪地多呼吸几口，中草药味、汽车尾气、尘土味道，但更多的是暖春的气息。

我有些怔怔地想，原来今年的寒冬这么短。这让所有的苦难、烦恼，都看起来那么不堪一击。脑海里那些神秘而又凶悍的一切，此时突然变成了风平浪静的温柔，它们幻化成微风拂过我每一根细细的发丝，发丝又如波浪，再次温柔地拂过我的脸颊。

　　2月初，我和晴在她开的咖啡馆里给赵印过完了生日。三个人围在一张桌子上一起吃一个小蛋糕，灯光透过灯罩投下繁复的阴影，音乐若有若无地飘荡着，氛围舒适而慵懒。

　　在沉默的间隙里，我们一同看向墙壁上挂着的那幅已经褪色的画作，这世间万物有多少被时光摧残老去，又有多少新生如雨后春笋。我们忍不住说了许多感慨的话，日子不经过，好像一下子就长大了。

　　时间具备一种神奇的魔力，小时候觉得时间很慢，长大后觉得时间很快，而关乎快慢的感受，均出自我们自身。随着年龄的增长，我们的烦恼和压力变得越来越具体，即便这样，我们也仍然竭尽所能地活成一个有趣的人。

　　再往前推一些日子，我们三人无意间发现了一家小店，日式装修风格，木质灯笼配红色花纹，整个小店都笼罩在黄色温暖的灯光之下。三个人一起吃一锅菜，番茄味，红色汤汁。

　　每一次见面，他们两人都会给我别样的启发，比如这两人是实打实的浪漫主义者，他们会花很长的时间挑一只带有繁复花纹的手机壳，只为那些纹路可以让自己的内心欢喜；也会为心爱的人准备惊喜，会经常买些无用但好看的小礼物；还会花很长时间布置自己的后备箱，只为对方看见后的一瞬间笑容，他们会让生活过得更像生活。

很奇怪，我竟然不是，我期待浪漫，但我拒绝为浪漫这件事做些什么，我更习惯于简单、快速、高效地去完成些什么。

所以那日给赵印过完生日，我走在充满春天气息的马路上，就突然想在今年成为一个浪漫的人。嘿，这句话本身就已经很浪漫了。

我和晴大概认识有五六年了，晴跟我同岁，是个很爱笑的姑娘，但处理事的时候特别利落干脆。她开了两个商务咖啡馆，加起来大概有一千多平方米，是本地非常有代表性的商务咖啡馆之一。店内生意火爆，经常出现不提前预约就没有座位的情况。有很多人想要采访她，但她总说自己还没有成为那个想要成为的人，等再优秀或出色一些的时候再接受采访。

而我每次撑不下去的时候，都喜欢去找她，她会提前给我准备好意面、鸡米花，一壶养生茶和一些干果。

晴店里的沙发又大又软，坐下去就像坐在云里，我像个煎蛋一样完完全全摊在包间里的沙发上，包间的门留了个小小的缝，我透过缝隙看着她忙进忙出，她有时穿很文艺的裙子，有时穿很精神的小西装。

忙完后她推开门，坐在我的对面长舒一口气："啊，终于忙完了。"

我忍不住问她："每次见到你好像都元气满满的，你会不会有很丧的时候？"

"当然会有啊，但是我必须用最快的时间调整过来！"

她跟我说，从一开始她对自己就有一个定位叫生命的体验者，40岁之前去闯，去闹，去跑，去笑，完成这一生想要完成的所有事。40岁之后的时光，她看作是生命的馈赠，那段时光无论如何度过，都将是值得的、收获的、感恩的。她从未将金钱和自己的人生挂钩，穷或者富，她不是那么在意。

其实晴因为创业，欠了许多外债，外人难以想到，她也曾深夜痛哭，后悔自己所做的决定，但内心强大的人，总能在风雪中重新启程，晴选择用抱怨的时间去更加努力。

她说自己的人生其实是很多重大事件间的联结，每一次她都会站在正确和错误里徘徊，每一次都在重生和死亡之间，进取又倒退，悲伤又喜悦，她有野心又爱冒险，必定要经历她独特的一生。

她说现在的生活，每晚早睡，每天早起，睁开眼的一瞬间就是开心的，因为觉得白天又有很多有意思的事情要去做，而晚上一个人的时候，可以安静地总结反思，为了更好地进步。

她说只有每一天都充实而饱满，她才不会觉得这一天白过了，而还债的那段日子是她感悟最深的时候。那段日子她什么都不想，就只是全神贯注地完成一件事，她把姓名和金额都记在一个本子上，还完一项就划掉一项，看着剩余金额越来越少，心里的负担也就越来越小。她半开玩笑地跟我说："没还债的时候没发现，原来我可以赚到这么多钱！"

"如果你不投资那么多项目，选择不折腾，你现在真的是妥妥的富婆。"

"但如果再让我选择一次，我还是会选择折腾！"对于她来说，这是显而易见的选择。不寻常的是，她在经历了这一切后仍能做出这样的决定，那是一种树根穿透岩石的魄力，说不出来的坚定。这样一个对自己人生方向有如此规划和决心的人，很难不让人敬佩。

每次见完她，我就浑身充满了干劲。

我如一只迷路的蝴蝶，当我注视花朵的时候，好似在被花朵拥抱，四周皆是花香。我在尘埃里踮踮脚，随时做好起飞的准备。那只蝴蝶经历过许多灿烂和黯淡，它以为自己困顿在原地，其实蓦然回头，发现自己早已不在那里，与此同时，有一缕光照在它的翅膀上。

光照进万物，属于我们的方寸一隅不再是牢笼，这也许就是春天的意义。

分享春天

　　作息规律的那阵子，早晨醒得很早，头脑清明，拉开窗帘看到楼下已有步履匆匆的人。我曾经抱怨青岛是一座没有夜生活的城市，但朋友蓝之向我说过一句极其浪漫的话让我记忆犹新，她说："没有夜生活的城市，苏醒得早。"

　　是啊，时间向来都是公平的。

　　我起床后没多久，猫咪六六也起来了，它拖着胖乎乎的身子，目光有点不情不愿，然后慢吞吞踱步到我的腿上，找一个它认为舒适的姿势趴下。我能感受到它软糯的四只小脚承担起整个身体的重量，而后又将这些重量传递到我的腿上。

　　搬到新家的时间不长，它比我早一天适应。

　　这些建立于上世纪的楼房已经不再光鲜，楼道里散发着一种陈旧的气息，楼下有生长了很多年的树木，在这一年的春天又重新抽出嫩芽，营造了满窗的嫩绿色。而屋内因为被房东重新装修，倒有着干净舒适的美感。

新家是三居室的户型，我留了最小的一间屋子当书房，两个小书架，一张长桌组成了包围的格局，我平时坐在里面看书、码字，很有安全感。书籍因为我经常翻找，所以并不整洁，仔细看看倒也有点歪歪扭扭的美。

有些书籍会附送明信片，我将这些明信片一一拿出，然后挑选出自己喜欢的，把它们贴在墙上，像是映衬了某种期许，我竟不约而同地选了绿色，于是一面白色的墙，渐渐有了盎然的生机。

书房的香薰我选了淡淡的栀子花味，涂抹在手腕上的香膏是桂花味道，开窗后，有微风袭来，眼前宛若一片花海。

那是我非常喜欢的时刻，我的观感和我的嗅觉，都处于某种丰盈里。

我在这写下数万文字，那些文字带给我的满足感是其他任何事情都无法比拟的。

关于写作这件事，我经常自卑，总觉得如果文字那样组合会更惊艳，但某种更惊艳的组合却因为自身能力不足始终没有出现。但偶尔又特别自信，因为有的读者觉得我的文字很温柔，有抚平人心的力量。

我就在这种自卑与自信的无规律的心绪中继续书写，相信自己的文字总有一天会变得更加有力量，会有更多的人喜欢读它，就像海边的浪一样不知疲倦地将沙滩抚平，留下好看的贝壳，留下闪闪的金子。

有一次，我看到做手工艺的朋友晶写的文章，她在文章里写道她也喜欢在一个小小的角落，将每块布拼叠，然后一针一线地缝制，这是别人看来繁复无趣的工作，但对她而言，却有一种平和的踏实感。

我们的一生能够找到这样一件让自己内心平宁的事情其实是很不容易的，而我和晶，我们不仅找到了，而且还能通过自己喜欢的事情去谋生，何其有幸。

晶在文章里写道："我的工作就是售卖我已知的和已支配过的时间以及已完成的作品，我只需要静静地坐在那等待，等待它们的主人。在无数个类似这样一闪而过却思绪万千的瞬间，确定这是我想要一直做的事。"

市场一直在千变万变，而我们却一直执拗地在这里，就像我一直在等待，我笔下的文字一定会有它命定的读者。

书架的一个角落里摆放着一个小瓶子，里面装着一半土和零星的石子，是晶前几日给我寄来的，里面还有一张小小的纸条，用秀气的字写着：分享春天。打开倒真的有春天泥土的芳香。

于是我也做了一件傻里傻气的事，特意跑到海边为她装了半瓶的沙子和贝壳，同样送她四个字：分享春天。

也许几年之后，我们早已习惯时间的湍急，但仍能在异乡的街道想起这只分享春天的小瓶子，这是我们生活里一抹特别的色彩。

有人对待生活的方式是大鱼大肉，把酒言欢；有人对待生活的方式是网上冲浪，纸醉金迷；当然还有人对待生活的方式是静悄悄的，是看一朵云彩变迁，是捡起一片树叶珍藏，而最终的目的都将是获得内心的宁静和快乐。

晶又给我送来了新礼物，一只纯手工做的手机壳，上面被她亲手绣了花朵，礼盒里还有一张她手写的明信片，我写在这里，也与你们分享：

人生就是个过程，人生最大的意义，就是过程中的这一分、这一刻、这一时，你真正的感受，感受就是来这世界最重要的东西。

然后我知道了，命运是条潺潺流动的河流。

——蔡崇达

17℃的春

三月旅行

1

因为写作我认识了一位网名叫三月桃花雪的朋友，她比我小几岁，长得好看又有才华，也是靠写作在大学期间就经济独立了的。她写过许多爆款小说，大学刚毕业就月入十万。和我印象里那种婉约的南方姑娘不同，她的性格直爽，我非常喜欢，于是在相识后的几年里，我们成为朋友，成为合作伙伴。

她住在广西，经常在网上跟我们说，今天又被芒果砸到了，然后给我们晒漫山遍野的芒果树、橘子树，她还经常给我们拍广西各种各样的美食，一碗满满当当的粉只需要6元。在她点点滴滴的灌输中，我对祖国南方的那片土地充满向往，终于决定在2023年的3月份去找三月。

我太喜欢这种谐音的仪式感，于是我还特意发了个朋友圈：以后每年三月份都要来找三月。

距离我和她的上一次旅行已经过去了两年。

许久不远行的我有些忘了登机的流程，再加上青岛的机场刚刚升级不久，搬去了我陌生的胶州，本来就因为生疏而紧张的我，这下更无措了。男朋友秦涅事无巨细地给我列下去机场的流程，并提前几天为我值机选座。

临出发前，他还嘱咐我："飞机起飞的时候先不要睡，先向窗外看一下。"我当时以为是某种出于安全的考量，于是也没多想。

整个登机流程并不顺利，我把行李托运和安检的顺序搞反了，直到自己过安检的时候我才恍然大悟要先办理行李托运。因为生疏而产生的窘迫让我一时间双颊通红，但也只能装作若无其事的样子玩手机。

我的心情持续低落，直到我看见了日出。短暂的时间里，日出藏在机翼的后方缓缓露出，让机翼发出耀眼的光芒。刹那间，万道霞光，绚烂如锦，我被暖阳拥抱，心中无限温暖和感动。

原来，秦涅特意为我选了朝东方向靠机翼的座位，他并不是个浪漫的人，却在这一瞬间里让我有点热泪盈眶，哪怕是生活中的一些小细节也会让生活变得充满惊喜。

因为起得太早，我整个人有种迷蒙的迟钝感，反应迟缓，感官迟缓，但对于美好的感知力好像也延长了一些，我看到的日出景象就这么长长久久地存在于我的脑海里，那一刻再无半点失落，内心只觉圆满。

. . .

2

手机已经全部调成飞行模式，因为是早班机，大家都昏昏欲睡，整个机舱内非常安静。那种感觉真的很奇妙，也是我近两年来第一次真正意义上地放空，切断与外界的一切联系。

我当时只有一个念头，这两个小时是完完全全属于我自己的。这个世界就算离了你，也会正常运转，不要把自己看得太重要，不要给自己太多压力，本着这个念头整个人非常轻松，靠在椅背上闭目养神后也不知觉地睡着了，后来是被飞机上的饭香味扰醒。

吃过饭的大家没有选择继续睡，有人用电子设备看剧，有人小声交谈，我从包里掏出书和本子来。

我出门有随身携带书籍和本子的习惯，以便我等人或者是无聊的间隙就拿出来翻一翻，写一写。那一刻我突然想在离祖国大地八千米的上空留下些文字，于是掏出本子和笔来：

我想我会爱上在不同地点写文字的感觉，在日后读起来也会感受到那时的风景和不同的心境。书写会让自己的心都静下来，世间万千纷纷扰扰，却不敌这一隅之地，不敌笔间划过纸张的感觉。

就这么一直写下去吧，写到七老八十，写到头发花白，对写下的每个字都保持敬畏。白纸黑字，是植物用它们的命换来的。

后来没什么想写的，我就看书，出行的时候很喜欢带散文和随笔类书籍，在作者看似随意的文字里读到那些坚定的温柔，我很喜欢这种反差感。

这次出行带了一本比较应景的书，是陆庆屹的《四个春天》。初次见这本书是在朋友的茶馆里，因为朋友的茶馆也叫四个春天，店里书架上摆着唯一一本书，就是这本，书里写乡村也写父母，读到一些字句的时候，我突然就很想家。

书里写：我这一生从未听过他们说一句抱怨的话，遭遇任何状况都坦然面对。父母的生命力都极旺盛，没有什么能难得住他们，想到什么事就去做，从不抱怨抗争，似乎生活本应是这个样子。这大概是那些年的艰苦生活留给他们的财富。

· · ·

3

青岛飞桂林的路途不算近，快下飞机的时候我已经腰酸背痛了，心里只盼着赶紧到。

想起大学的时候坐硬座火车，坐整整一夜，第二天踏出车门，呼吸到陌生城市的第一口新鲜空气时立马精神抖擞。这也没有过去多少年，但身体却大不如从前，而当时拥有年轻资本却不自知。

三月份的青岛还算不上枝繁叶茂，但三月份的桂林却万木争荣，像三月与我们介绍的一般，这里的一年四季全都郁郁葱葱。

下飞机后打了个车。

司机师傅的车技很好，一路上非常热情地讲解，虽然他的口音让我不习惯，但我也不愿打断他，只想让他尽兴地讲下去，在我模棱两可的理解里，大概知道师傅对这片土地的热爱。在我以往的认知里，一份工作做久了，总归有疲惫感，尤其是他每天会接到许多的外地游客，繁杂重复，但我从他的身上看不到一点疲惫。

司机师傅的热情让我对桂林这座城市好感倍增，我喜欢有温度的城市，飞行和转机带来的疲惫感，也在汽车行驶的路途中一扫而空。

桂林的山一如书上所描写的那般秀美，挺拔、错落有致的山像电影快速回放似的，在车窗外不断交替着闪过，我除了一句句"好美啊"，已无心想别的词来形容。

我们定的民宿就在山旁，民宿老板是三月的朋友，他为我们留了视野最好的一间，270度的落地玻璃大窗，8层的高度，正对着半山腰，窗外皆是山景。

晚上和民宿老板聊天，他说这是近几年最好的一个春天，生意回暖，他已经在准备新店了。

我们和老板，一边吃着一款很辣的鱼肉小零食一边唱歌，他说自己从前从不敢开口唱歌，但后来发现唱歌真的很解压，就算跑调也没有关系，只管大胆开口唱。

这几年我们都摔过跟头，吃过苦，若干的情绪无处安放，但春天总会到来，我们也会重新变成那个善良的、温暖的大人，心里那些不可名状的温柔情绪都会随着春天的到来而复苏。

· · ·

4

我曾经在书里读过一句话：旅行是去找寻想象的世界，验证想象的世界是否能与现实中的世界真的吻合。

不期然地，旅行总会被冠以一些美好的遐想，当然这些美好以经济独立为基础。

三月兴高采烈地跟我说她上个月拿到了多少多少稿费，大头存到了银行里，小头留着包揽我这几天的吃喝玩乐。

那一瞬间我只顾咧着嘴傻笑，第一次感受到了被"包养"的快乐，有种感动就这么在心底里升腾起来。但以我的性子，我是不会同意全部旅行费用都由她承担的，于是我提议把我们账户里的钱提出来，当作我们的旅行基金。

在2022年的时候我和三月一起开了一个文化传媒工作室，也赚到了一点小钱，我们定期就会把账户里的钱拿出来花，不是很多，但旅行够了。

我们会互相到达彼此生活的城市，也会一起相伴旅行。

从前只是三月来青岛找我，但当我踏上桂林这座城市，她曾经描述过的画面也都真真切切地留存到我的脑海里。这也是后来我们经常兴致勃勃提起的共同的经历。

. . .

5

在桂林的那几天，没有艳阳高照，一座座山都处于一种朦胧的美里面，虽然在书本上见过数次桂林山水，但真的身临其境的时候，还是会被它惊艳到。

桂林有许多种竹子，它们交相掩映在岸边，偶有一群结伴而行的小鸭子在竹子下面嬉戏，有一种美，可以称之为生动。因为小时候几乎没有山村生活的经历，所以让我现在格外迷恋这山间、这田里万物自然生长的景观。

三月租了辆电动车载我，我们穿梭在田间的小路上，桂花香、油菜花香、凌霄花香……连风里都是自由的味道。那种感觉好像又回到了年少时期，下了晚自习坐在同学的车后座上，一行人浩浩荡荡，高歌不止。那时候的我们唯一具象的烦恼就是考试，但有对未来无尽地憧憬，那时候以为梦想没有尽头，年轻的时光也无休无止。

人生就是个伪命题，当事情正发生时是永远学不会珍惜的，而当一切都失去时，又开始怀念，所以时光，注定暗藏着一些悲

17℃的春

观的意味。

骑车路上我们还碰到了移动咖啡车，是改装的北斗星车型，我们也有一辆，咖啡机品牌也一样，只是型号不同而已。远在祖国之南碰到同行，心里觉得高兴，于是和三月过去人手一杯咖啡。

杯子通体为黑，唯有"阳朔"二字印在长方形的贴纸上，我和三月对视一笑，轻声说："果真是男孩子的审美。"一种硬朗的文艺。

开着咖啡车全国各地卖咖啡也是我和赵印喜欢的生活，但已有人过着我们理想的生活了，所以旅行的意义还在于：在他人身上，看到自己所期盼的那种生活节奏。我忍不住过去和老板闲聊，他毫不吝啬地跟我分享他的摆摊经验，用什么装备是最适宜的，最节约的，效果又最好的。

不吝啬，是这个老板身上最可爱的品质。

· · ·

6

晚上饿了，我找出在路上买的艾草糕来吃，还找民宿老板要了一些冰块加在了青绿色的玻璃杯中，然后倒了一点广西本地产的啤酒。这酒味道比青岛的啤酒要淡一些，很适合女生喝。

吃一口艾草糕再喝一口啤酒，胃里瞬间有一种暖烘烘的满。

这是我第一次吃艾草糕，中间的夹心不知道用什么做的，只觉得甜，清香软糯，和卖艾草糕的那个姐姐给我的感觉一样。

那是一个穿灰绿色长裙的姐姐，那种绿就好像路过的岩石上的苔藓，她那么安静又隐秘，只专注地做着自己手上的事，如果不是闻到艾草的香，我想我们不会发现她。那种感觉就好像她一直在海的最深处游泳，她不愿被人发现，但她却一直都在。直到我们过去说想要买点尝尝，她才露出浅浅的笑容说："好呀。"

她帮我们把艾草糕打包好，又开始专注洗艾叶准备蒸下一锅了。我看见她不停弯腰，直起身子，再弯腰……重复完成这些工作，而一块艾草糕才卖2.5元，但我在她的眼睛里看不到一点怨恨和不耐烦，相反，她的眼睛像一潭湖水，充满了包容。她的胳膊很长，衣袖挽在手臂半截处，胳膊的线条非常漂亮。

无论她做什么工作，都是忠于自己内心的，她那么安然地独自一个人，不疾不徐，连打招呼，我都觉得是在打扰她。

生活方式不该被定义，毕竟每个人对待生活的方式都不同，但我却太容易抱怨，抱怨自己每天忙的事情多，可路都是我自己选的，既然选择了忠于内心，就不必抱怨，我被那种细弱又坚强的精神一点点拓宽思路。

17℃的春

抱怨是消耗的，但生活不该是。

在旅行途中认识的这些有血有肉的人，抚平了我那份因为时间流逝而感到的悲观。事实上，无论你做什么事，做对了还是做错了，和谁在一起又分开，时间终究会抹去的。对抗虚无最好的办法就是具体，而对付惶恐最好的办法唯有行动。

. . .

7

我和三月分享说，我在青岛的春天很喜欢喝一点山茶花，味道非常淡，入口后是若有若无的清香，特别适合午后或者清晨需要清醒工作的时刻。山茶花泡久了会有些苦味，但那种淡淡的苦味却非常提神。

三月听完后只说了句："那明天有机会带你去看看山茶花。"

我真的在南宁看到了正在生长的山茶花，我这才知道原来新鲜的山茶花会开出这么大的一朵，不像我杯里的山茶花，还不敌我的小拇指大，我低头闻一闻，果真是沁人心脾。

我们一边聊着，一边爬到山上去看其他的花，山上有一种叫风铃木的树，春天会开黄色的花，漫山遍野都是黄色的花，有人捡起花瓣制作成风铃或者花环戴在头上，大自然带给我们的美景真的会把我们从头到脚治愈，有一句标语我很喜欢，标语说：想你的风还是吹到了风铃谷。

后来因为太热，我们去买了两杯柠檬茶坐在天幕下面喝。小憩的时候，我被陌生人认出，问我是不是经常开直播的那个作家小姐姐，她说她刷到过几次，但不记得我的名字，这份远在千里外的相认让我内心欣喜不已。

回酒店的路上，我突然想起初中在纸上写下的一个梦想，别的同学都言简意赅地写医生、警察等等，而我却非要给自己加一个前缀，我写的是：成为一个不温不火的作家，有一小部分喜欢自己的读者就好了。这件事已经过去了十几年，我仍旧讶异于我那个时候的早熟，我在那时就已经有如此明确和清晰的认知了，又有点过于自信。而且直到今天，我确实没有理由反驳小时候加的那个前缀，有时候太火确实不是一件好事，不如不温不火，喜欢你的人是真的很喜欢你就可以了。

就像现在，我在街上被人偶尔认出，但绝对不是被人追捧，既可以有正常的生活也可以有被人认可的欢喜。

我一直觉得，再好的事如果太过也会变得不好，再不好的事如果努力没准也会变好，找准事情中间的平衡点，也许是我们一生的课题。

17℃的春

· · ·

8

　　旅行的时光总是很短暂。南宁到青岛的飞机是直飞的，大概3个多小时，来广西之前就和秦涅说好，回去的时候我自己坐地铁，他做好饭后就在地铁口接我。

　　但下飞机后实在是太疲惫了，于是忍不住给他发了条信息：要是你现在捧着一束花出现在我的面前，我的疲惫就会一下子消失。

　　他秒回道："在家给你做饭呢。"

　　我闷闷地回了一个"哦"，心里是有一点失落的，尤其是看到出口处有很多接机的人，我心里还有一点羡慕的。

　　我拉着行李箱一个人去坐地铁，在看到只有台阶没有扶梯时，整个人像霜打的植物，蔫蔫的，我实在不想自己搬着行李箱下楼。就在我准备换个方向找扶梯的时候，秦涅捧着一束花出现在了我的面前，是我最爱的向日葵。

　　他还是来了，洗刷了我所有的疲惫。

　　我想起从前的许多时光，想起我们在一起的第一个春日，青岛总是在下雨，我没有带伞的习惯，于是他便不厌其烦地来送伞，路面显现淡淡银光，日光淡薄，我特意发一条朋友圈：千里送雨伞，礼轻情意重。

还有每次我买瓜子的时候一定会买两份，一份是我爱吃的原味，一份是他爱吃的五香味，每次他打开零食袋都会很感动，嘴角上扬地同我说："没想到你还挺有心。"

我记起来的都是一些微不足道的小事，我们之间从未有过轰轰烈烈，甚至明确的热恋期我都想不起来，我们有的，就是一日又一日的平常。

可能有时候，我们在意的只是那一份特殊和记挂。

这是我们在一起的第六年，他从未向我许下永生永世的承诺。我们知道世间万物，火树银花，没有什么是可以永恒的，但凡其中一个人放弃、转身，那感情就不能够永恒。我们能够做到的就是双方都用心经营这段感情。

白头偕老是我们共同的目标。

朋友之间会很惊讶于我们在一起的年限，然后煞有介事地问我一句："如果，我是说如果，他离开你了呢？"

"那是他的自由呀。"

"你说得好轻巧，你不会难过吗？"

17℃的春
025

"我会难过，但我觉得离开是他的选择，我会尊重。我的生活可能会因为他的存在变得更好，但并不是说他离开了我，我的生活会有多么糟糕，爱情并不是我生活的唯一，我会有我的朋友，我的亲人，我的事业，我只需要做好我自己就可以，然后迎接新的感情。"

朋友听完我的发言后，连连感慨："你真的好理性！"

"理性吗？我倒觉得每个女生都应该这样，能够忍受孤独，也可以享受热闹，先爱自己，再爱他人。良性的感情没有所谓的索取和付出，双方是平等的、并肩的。"

在回程的地铁上，我同秦涅讲了许多话，多是我旅行中的见闻，秦涅偶有应答，我讲累了就静静地坐在他的一侧，那一刻我觉得自己的心仿若绵延不绝的小溪，绕着我心爱的人，缓慢蜿蜒流淌。

相信爱情的人，本就是幸福的。

你，还相信爱情吗？

各自的月亮

1

我其实是属于早熟的女生，小学六年级就有喜欢的男生，初一就知道投稿赚稿费，刚上大学就知道女生要经济独立。后来和朋友聊天，她说我是一个自我意识觉醒特别早的人，她觉得我后来比别人走得快的原因，就是沾了早熟的光。一个从小就知道定目标的人，一个赚钱意识比别人早十年的人，肯定会比别人更快成功一些。

这是第一次，"早熟"这个词被朋友拎出来，然后根据我已经度过的不长不短的人生来看，我比其他人更早地积累到生存经验，更早地知道自己想过什么样的生活，想要追求的是什么。

这件事对我个人而言，我会觉得庆幸，至少我目前并未对我经历过的一切产生悔意，也并未因为自己的早熟而感到羞耻，或早或晚，我的生活都达到了一个殊途同归的期待。在我那些心比天高，不甘于方寸之地的日子里，我确有一些感悟想要写出来分享，我像是一只充满好奇心的幼兽，走到人世间，穿梭于台前幕后，想快速地了解这个"花花世界"。

. . .

2

到底因何而早熟。

除了自身的生理因素，我觉得还有一个非常重要的因素就是读的书足够杂，足够多。大概五六年级的时候，我就在学校旁边的一个书店里办了借阅卡，那家店的面积并不算大，但是里面的书还真不少，书店是分为上下两层的，中间和四周的架子上全部都摆满了书，只留了窄窄的一个过道走人。

书店的一楼是各种教辅书和试卷，所以去一楼的人非常多，而二楼一般是些课外书，没什么人上来。周六的下午我常常在那个书店里，一待一下午，楼上有座位，而且非常安静，可以让我满足又安逸地读完一本又一本书，约摸着老板快下班了我才开始挑书，挑接下来一周想要看的书带回家。

二楼的光线并不明亮，尤其是在被窗边的书籍挡住光线后，整个二楼就更加昏暗了，老板有时怕我看书累坏眼睛就特意上来帮我开灯。那是一盏老式的白炽灯，因为长时间没清理，灯身上沾染了些许灰尘，像是一个被时光摧残后晦暗老去的人，照出来的光都给人一种朦胧的梦境。有段时间那盏灯总是闪，我想下楼跟老板说一声，让老板换一盏，但我有些不好意思开口，少女时期总是含蓄的。

闪着闪着，那盏灯又自己好了，我看着它，目光里不自觉地涌出无尽的、温柔的、悲伤的情绪，在那个悲秋伤春的年纪，我连看一盏灯都觉得它可怜，而那盏灯下面的展架上摆放的，正巧是青春疼痛文学，上面摆满了乐小米、夏七夕、饶雪漫、独木舟等作家的代表作，我也会故作深沉地写下"青春是脆弱的，我们是漏洞百出的"，类似这样的句子。

. . .

3

我喜欢读散文，那时候的散文装帧很厚重，我装在背包里，把它们背回家，感觉背都被压弯了，但心里是满足的。背回家后从晚上就开始看，通常是一边看一边哭。我记得一本散文里有一个篇章是描写自然和动物的，那会儿我在想人类怎么会这么坏，然后写了一篇关于人性丑恶的读后感，拿着那篇文章去学校里和同学们争个不休，最后争累了就抱在一起哭。哭累了就直接瘫坐在地上，好像做了一场气数将尽的梦。老师把我叫到办公室里耐心安慰我，让我不要做一个悲伤的人，要做一个快乐的人，她说，"我们能力有限，没法帮助所有人，但那并不是你的错"。

长大后，我知道了，每个人、每只动物、每种植物，都有属于自己的命运，地球上的每一个生命都有它各自的月亮，希望众生平等，希望人人快乐，只是我周而复始的一个困境而已。

就像在《蒙马特遗书》里读到的一句话：世界总是没有错的，错的是心灵的脆弱性，我们不能免除于世界的伤害，于是我们就要长期生着灵魂的病。

那会儿我还喜欢看各种各样的小说，第一次知道"生命诚可贵，爱情价更高"就是在书里。我还读过一个爱情故事，至今都记忆犹新，一个男人的女朋友在沙漠里走丢后，他为了找到女朋友在沙漠里生活了几十年。那时的我还不会辨别故事的真假，或者说我不愿辨别故事的真假，于是我一度都把这个故事当作真实故事来看。我还把我的爱情理论写到自己的小说里：世间所有皆为虚妄，唯爱纯真。

即便当时的我没有遇到那种至死不渝的爱情，但我却好像真真实实地感受过，因为读书。

后来那家书店里我感兴趣的书都被我读完了，就不再续费了，但我的世界观却因那家小小的书店而变得更完善、健全，或者说那家小小的书店在我人生的选择上助过力，在书里读到那句"做自己喜欢的事，并从中赚钱谋生"决定了我今后十几年的基调，让我今后的十几年里都心驰神往。

那一排排书架仿若林立的森林，我一如一只辨不清方向的小兽，在树林里横冲直撞，四周是猎枪，头顶是烈日，但那一片片树叶不仅为我遮挡了烈日，还帮我躲避了猎枪，那些树叶是我温暖又柔软的快乐和指引。

· · ·

4

我关于喜欢这种情感的萌芽也很早，大概六年级，我有了第一个喜欢的男生，和喜欢的男生一起走在回家的路上，听他跟我讲自己并不完美的家庭，我的心里就会涌出某种心疼的情绪，并想着第二天一定要带很多零食送给他，希望他可以快乐一些。

我还在QQ上为他设置专属音乐，无论是他上线还是下线我都能第一时间知道，上线的音乐我选了张杰的《天下》，"一生有爱何惧风飞沙，悲白发留不住芳华"。每次听到歌声的起伏，我的脑海里都会显现出一个深情的画面，听起来充满了誓言般的激烈和悲壮。

后来他不怎么爱学习了，我们也就渐渐疏远了，那个时候的喜欢是一定要跟学习成绩挂钩的。

初二我喜欢上了第二个男生，那个男生个子很高，我在自己做的发卡上缝上他的名字，然后戴在头上。晚上他送我回家，说以后要送我一个防辐射的挂件，但直到分手了我也没收到那个挂件。

那会班里应该有很多女生喜欢他，他跟其他女生打闹，帮别的女生拿板凳，我心里一下子不是滋味。十几岁的年纪是我情感最细腻饱满的时候，于是写了许多关乎秋天的悲伤意象，被同学读到，问我们是不是分手了，我不说话，心里只觉得难过。后面大家都开始传我们分手了，然后我们就真的分手了，即便谁都没有提过分手的字眼。

再后来他的朋友来讲和，我说："好马不吃回头草。"

年少时的喜欢，青涩又安静，从未说过什么甜言蜜语，也从未跟对方许下过诺言，但却能够在对方的教室门口默默等一两个小时，只为了亲口跟对方说一声"明天见"；会在对方请假的时候抄满满几页纸的笔记，比自己记的还要用心，只为了对方不要落下知识点；还会因为看见对方的笑容而开心一整天，哪怕那一天连一句话都没有跟对方说上……

真的是喜欢吗？什么又是真正的喜欢？

那一段段年少的爱恋全都无疾而终，全部加起来可能也不到个把月，我们甚至连手都没有牵过，但就是觉得那么刻骨铭心。他们像一粒粒小火星存在于过去的岁月里，等我想起来时，就变成胸腔里的一团烈火。

不知道很多很多年后，我变成头发花白的老太太，牙齿快要掉光，记忆也变得越来越差的时候，还会不会记得年少时在槐花树下等暗恋的男生路过的场景，会不会记得我在本子上写下"唯爱纯真"四个字。

万家灯火浩瀚缥缈，从每一扇的小窗户里传来悲欢离合，我站在偌大城市的一角，想要找到我曾经的岁月。

那时的白色连衣裙角是一朵向日葵灿烂盛开，那时的狭窄胡同里传出的都是每家每户的饭香，那时的树叶舒展纹路深邃……

那时的青春没有白白燃烧，它被我这个垂垂老矣的人惦念了一生。

青山不语仍自在

　　某天有个顾客带了两个又红又大的西红柿给我，并嘱咐我这是一个非常适合生吃的品种，我觉得在店里吃不太美观，于是把它带回了家。

　　傍晚蹲在厨房垃圾桶旁啃西红柿的时候，我突然想到了小时候的场景。

　　那时候，我和父母住的是平房，有南屋和北屋，中间是一个大大的天井，留着方寸土地，母亲在里面种满了蔬菜瓜果。夏日的时候，我和母亲就从院子里摘熟透了的西红柿，坐在一旁的石阶上吃，红瓤、带沙、味甜。那时的我完全不顾形象地大口吃，吃得满嘴都是。

　　当时小狗欢欢也还在，摇尾示好。我咬一口西红柿丢给它，它闻之、弃之。

我努努嘴："哼，挑食的小家伙。"

它像是听懂了似的，又乐呵呵地跑过来，舔我手上未干的汁液。

吃完饭后我回到房间写作业，母亲在南屋里做饭，从我的房间窗户望过去，恰好可以看到南屋的全貌，灰色的墙体，白色的热气。就像贝聿铭说过的那样："在西方，窗户就是窗户，它放进光线和新鲜的空气；但对中国人来说，它是一个画框，花园永远在它外头。"

而我们家用画框框起来的这幅画，永远都是浓浓的烟火气。

母亲在日常生活中是一个非常愿意花心思的人，只要有时间就会变着花样地做吃的。那天母亲在做肉火烧，她做的肉火烧是纯肉的，只加一点葱花，即便隔着一个大天井，我也能闻见南屋里飘来的香味。

我看见母亲一边顾及翻锅里的肉火烧，一边在面板上做下一锅，把肉包在面里，然后用手掌轻轻一压，一个圆乎乎的小饼就出来了。我就这么呆呆地看着母亲做肉火烧的场景，像是某个电影里的片段，只觉得安心。

等第一锅肉火烧熟了，母亲就立马喊我过去吃，我一个，小狗欢欢一个，因为刚刚烤出来，欢欢太心急被烫了一下，脸上露出滑稽的表情，惹得我和母亲哈哈大笑。这时，母亲叮嘱我蹲下吃，别把油滴到身上，于是我蹲下来，一边吹着气，一边大口吃起来，肉火烧这类食物真的是越烫越好吃。

第一个火烧还没吃完，父亲便回来了，他停下车后第一时间洗手，然后帮母亲做了起来，母亲得以空闲，然后随手拿了一个肉火烧，蹲在我旁边一起吃。那一刻，我们三个人一起挤在小小的南屋里，谁都没有说话，却格外温馨。

小时候我们一家三口经常这个样子，一边做一边吃，有时候是包子，有时候是合饼，有时候是猪蹄。夏天天气热了，我们干脆搬着桌子到天井里吃东西。

我们家从来都没有什么"食不言寝不语"这样的规矩。饭桌上总是热热闹闹的，每个人都讲述着一天发生的趣事，或者一边吃饭一边追个电视剧，有时候我看得入神忘了吃饭，等爸妈都吃完了我还在吃，洗碗的任务自然就落在了我的身上，我们家一直有一个"饭根洗碗"的传统。

小时候我挑食挑得厉害，不愿意吃青菜，我的父母也不惯着我，要么饿肚子，要么自己啃馒头，然后我就真的在沙发上啃了一个馒头，后来还是觉得吃青菜比单吃馒头好吃，就多少也吃点青菜。所以我经常会跟朋友分享，我的父母虽然文化水平不高，但是他们在教育孩子方面却有非常多的可取之处，他们给了我足够的自由，但从来不会溺爱我。

从我很小的时候开始，我的母亲就会很热情地招呼我的同学来家里玩，她会提前准备好各种零食水果，等同学来了，她又会找借口走。她习惯给我独立的空间，所以我的同学都很喜欢来我们家玩。

无论是我的时间也好，我的零花钱也好，父母都会让我自己做主，给我十足的信任。他们从小就跟我说，我的人生是我自己的，其他人可以给我建议，但没有人会替我做决定，我必须自己做决定，自己承担后果。这也是后来我那么敢于创业的原因。

"想好了就去做，不要有心理负担，赔就赔了，重在尝试。"没想到还真赔了。

我一个人躲在家里偷偷难过，父母安慰我说："这不是你的能力问题，有些不可抗力因素是每个人都没有办法预料的，你可以给自己时间难过，但是不能难过太久，你要抓紧时间振作起来，这只是你漫长人生路上的一个小插曲而已。"

所以即便再难，我都觉得自己可以坚持下去，因为我的背后有父母支持，他们全力支持我做自己喜欢的事。

17℃的春

我很爱他们，在很长一段时间里我都会有一种负担感。我是独生子女，觉得我的父母为我付出了这么多，我是不是毕业后应该在他们身边陪着他们，或者我是不是得赶紧赚足够的钱，把他们接到我的身边来，是不是要赶紧结婚安定下来，让他们放心？我的心里有无数个这样的念头，直到有一天这些念头沉重到影响我正常生活时，我跟母亲有了一次比较深度的沟通。

母亲被我的想法逗笑了，她说她从来没有想到我的心理压力会这么大，她说："你知道吗，这么多年以来我最爱的一直都是你的父亲，我和你父亲彼此相爱，其次是爱你。陪伴我一生的，是你父亲不是你，我们有自己的生活，有自己安然自得的小世界，这个你完全不用担心。可能真的到了未来的某一天，我们其中有一个人早走，剩下的一个人孤独了，那会儿就需要你多陪陪了。"

"关于结婚这件事，我和你父亲都是比较传统的人，觉得人的一生到了什么年纪就要做什么样的事，可能你结婚，有了一个可以照顾你的人，我和你父亲确实会放心不少，但你要知道我们最根本的愿望是希望你幸福快乐，如果你觉得自己没有遇到那个人，觉得结婚不幸福，那你也可以不结婚。"

母亲的话总是能给我许多宽慰，她总是在我精神感到贫瘠时，予我灌溉。

"世上幸运的人有两种，最幸运的那一种是拥有一个幸福而充满爱的童年，次之幸运的那一种，是终其一生都在替自己寻找那个理想中幸福而充满爱的童年。"读到这句话的时候，我庆幸自己有一个充满阳光、花香和爱的童年，这也是后来的许多年，我心里仍存一片美好的净土保持天真的原因之一吧。

如果我有孩子，我也会像我的母亲那样，教他如何爱别人，他的父亲则教他如何保护自己。

后来我喜欢在山里看山，看着看着就想起自己的父母，觉得我的父母和我面前的青山很像，他们总是怡然自得的样子，高大、伟岸，默默守护着我。而在山与树之间，有雁停歇。

有时，山里有炊烟升起，就会想起多年以前看到的一段话："翻铲的声音很是续续，菜嗞嗞地疼熟了。恐怕是一家三口的，没炒几道菜，落铲也快，分量捏得恰恰。"和父母一起生活的那十几年时光，狭小的厨房里他们忙碌的身影，不期然的，跃然纸上。

香椿芽

1

那天是挺平常的一日，我和秦涅赶早市买了点香椿芽，暗红色的香椿芽装在精致的透明盒子里，我们一边吐槽昂贵的价格一边兴致高昂地讨论着要怎么吃。炒蛋、腌制、油炸，都是很不错的吃法，单是在脑海里想想就觉得美味至极。

香椿芽可以食用的日期非常短暂，因为随着天气渐暖，它会生长得飞快，变老的香椿芽是不好吃的，于是这种食物也就是每年春季的时候尝个鲜。

回到家后，我把香椿芽放到厨房，和秦涅一起吃了个早餐后，就又出门了，那天也是每年例行体检的日子。

本来就是很平常心的去检查一下，没想到当我把CT报告递到医生手里的时候，医生却皱着眉头盯着报告停顿了几秒钟，然后用非常平静的语气说道："你肺上有三个小结节。"

我脑袋一懵，心脏漏跳了一拍，有点迟缓又有点不可思议地问医生小结节是什么。

医生拿着片子指给我看："这种圆形或者类圆形的小阴影就是结节。"

许是医生看出了我恐慌的表情，她随后又加了一句："不用担心，很多人都有，定期复查就可以了，要是没有长大就是良性的。"

我又絮絮叨叨地问了医生很多问题，医生明确表示不用过分担心时，我才真正把心放在肚子里，踏出诊室的门后我第一时间给沈都行发了消息。

沈都行大我两岁，前些年被检查出甲状腺癌，病痛折磨了她挺长时间，术后因为激素分泌的缘故，她的情绪几近崩溃。所以，我查出了肺结节后第一时间只想跟她说，我觉得她会理解我心里那种无助和慌张，是只有成年人才会有的，虽然未在面容上显示，但心里却暗流涌动了。

她安慰我："不用担心，定期复查。"

17℃的春

我一边向外走去，一边给她发消息，我问她身体怎么样了。

她继续回复我："无大碍了。"

翻一翻她的朋友圈，里面全是和工作相关的东西，她在事业上很出色，名牌大学研究生毕业，有自己的工作室，获得了许多荣誉称号，年薪也很可观。在外人面前她是闪闪发光的成功者，可只有亲近的人才知道她究竟吃了多少苦。再去翻看一下她的小号，早已没有了年轻时碎碎念的习惯，我们好像都变得平静又沉默了。

想起前些日子她给我写的信，信里说："有时候我很羡慕你，'营造'出一种在过理想生活的状态，虽然我知道这种状态的背后是很艰辛的付出，甚至会有些绝望，但至少你在随意过自己的生活。而掌握自己的人生，就是我想要的自由。"

医院门前车流滚滚，人潮汹涌，在等红绿灯的那几十秒里，我的脑袋空空荡荡，不进，不退，不快乐，不难过，好像处在了一个大声呼喊也得不到回应的幽谷里，四周只有自己的回音。从前以为我很年轻，疾病离我很遥远，后来才发现，疾病这个东西从来都是一击即中的，它很突然，无法逃脱。

· · ·

2

回到家后秦湦已经做好了饭,看着那盘美味的香椿芽,我却没有一点胃口。

想到自己年纪不大,但这些年好像总是在进医院,从大学毕业后查出的脊柱侧弯,后面又查出轻微的骨质疏松,到现在又查出肺结节。因为年少时对于身体的放纵,导致现在身体处于某种亚健康的状态,打字时间如果太长,左手腕总容易疼,坐的时间太长,腰也会不舒服。

大学的时候,我很喜欢坐在图书馆门前的台阶上,总是不知不觉地读书两三个小时,累了就抬起头来看向远方,有时是广场上行走的人,有时是飞过水杉树的一只鸟,有时候什么都不看,就这么目光放空,听到清晰而平静的上课铃声响起,那么幸福又满足,丝毫不觉得累。偶尔阳光浓烈,也不会觉得刺眼,是后来过了许多年,眼科医生叮嘱我,不要在暴烈的太阳下读书,我才恍然大悟,但话到了嘴边也只是含糊地说一句:"知道了。"

殊不知,我已经读过了千千万万次。

如今戴着一副六百多度的眼镜,又想起那个在暴烈阳光下读书的自己，不免让人唏嘘。年轻时候并未关注的健康问题，会成为我日后没有办法弥补的遗憾。许多事，都是这样。

那日的午后，沈都行给我推荐了一本书，书名叫《此生未完成》，这本连书名都带点淡淡忧伤的书算是病中笔记，作者是复旦大学经济学博士，在29岁那年确诊乳腺癌，从确诊到离世，仅两年半的时间，她有那么多的不舍，她爱的丈夫和孩子，她爱这个世界，可是，没有生的办法了……

在生命最后的日子，她选择去记录一些文字。当看到那句"除了生死，都是小事"时，我哭得泣不成声，觉得上天非常不公平。

而她最终化成一支幽微燃烧的蜡烛，用她温柔又坚强的文字，给我们留下生的力量。与其担心意外发生，不如每天都尽力地活，不必恐慌，亦不必焦虑，因为现实远比我们想象中的强悍。

突然想起一句话，忘记了是谁说过的："站在死里去看看生。"只有无限接近过死亡，才真正懂得生命的可贵。

· · ·

3

第二年，我去医院复查，特意挂了青岛很有名的专家号，慕名前来的人非常多。我前面总有插队的人，本想上前和他们理论，但看到对方是身体极不舒服的老人后，我选择默默后退一步。

就这样，我明明是倒数第三个号，硬是排到了最后一个。

终于到了我，刚刚熙攘的诊室里，瞬间变得安静，我坐在医生对面的座位上，没想到医生抬头看到我后朝我淡淡一笑："我刚刚就看你了，年轻人很大度。"

即便我已经成为一个大人，但得到夸奖后，仍然会开心，我抿着嘴，嘴角忍不住上扬。

而下一秒还有一个更好的消息等着我，在新一次的复查中并没有发现我的肺结节，我找出从前的片子递到医生手中，医生对比来看："要么就是挡住了，要么就是消失了，总之不必担心，一年后再复查就可以了。"

不枉我一下午的排队等待，终于迎来了一个好消息，而那个医生的淡淡一笑，给了我最温柔的力量。

· · ·

4

隔了一段时间我再去医院复查，身体没什么大毛病，但小毛病不断，关于身体的注意事项，我不知不觉地记录了小半本了，偶尔执行，偶尔忘记。

我一直想去健身，但始终没有执行。

和朋友阿纵聊天，她说其实这个世界上的大多数人都是在用健康换金钱，从前我不以为意，但随着身边朋友颈椎病、偏头痛、腰椎间盘突出等各种职业病的出现，我开始对阿纵的话深信不疑。

说说阿纵的工作吧，她目前在西班牙生活，已经婚育，自己开一间美甲工作室，短短几年间买了房子和车子。但有一次，她给我看她的右手，她的中指已经完全变形，整根手指呈S的形状，而且第一个关节处鼓起了一层厚厚的茧，像一颗白色的透明圆球，触目惊心。

她工作太拼了，基本上一天只吃一顿饭，然后从早忙到晚，我问她为什么不雇人，她说国外的人工费很贵，如果雇了人就没有利润了，所以她只能硬着头皮自己干。

成年人的心酸，或者说是普通人的心酸，像是从一个模子里刻出来的，回到家，冲个热水澡，就是大多数人能够承担得起的、最好的放松方式了。

热水滚烫，冲走所有的疲惫。

后来的几年中我再也没有吃过香椿芽，不知道为什么，就，早已没有了那个念想。

春日迟迟，相逢有时

2021年春节前夕，我在抖音平台发了第一个作品，是晒我的稿费。视频突然爆火，搞得我一夜未眠，那一晚也是我第一次觉得自己离"一夜成名"这个词这么近。

那天是腊月二十八，整个小区都在忙活着过年的事情，时间已经不早了，但有很多窗户都是亮着灯的，而我在房间里兴奋地踱步，每次打开手机，未读消息都是99＋，因为太过兴奋，我的掌心全部都是汗水。

我捧着手机跟相熟的朋友分享这个喜悦，直到后半夜，大家都睡了，我还在床上辗转反侧。最终那条视频的播放量达到三百多万，点赞十一万多。

截至今天，我做抖音帐号已经快两年了，粉丝也从一开始的一万涨到了现在的二十几万，有越来越多的人通过平台认识我，来到我的店里，阅读我的文章，在某种程度上我和我的粉丝们、我的读者们有了更为紧密的联系。

我在网络上教大家写作的知识，分享关乎我生活的喜怒哀乐，虽然我们从来没有见过面，但我的心里很确定，有人一直在那里。在同一个时空里，有人惦念我，有人因为我踏上写作的道路，有人像我一样努力地生活。这是网络带给我的，一种很奇妙的联系。

但互联网这个东西有巨大的魔力，它也许会帮助你登上人生另一个台阶，也有可能会成为你甩不掉的牵绊，凡事都有两面性。

我做自媒体这件事，就像把自己的生活加上一面镜子，这面镜子不仅能照射自己，别人更是能通过这面镜子看见我，有人喜欢我，有人赞美我，有人质疑我，有人谩骂我，只要我打开手机，我的眼前就会充斥着各种各样的声音。

在刚做自媒体的时候，我也曾被网友的无脑评论惹哭过。那时我好心为粉丝推荐一个写小说的软件，是我一直在用的，但对方因为自己下载错了，找不到相应的功能，在评论区对我破口大骂，说我这条视频是收了钱的黑心广告。我在评论区为自己争辩，得到的却是更无理的责骂。我心里太委屈忍不住哭了，即便我安慰自己不要太在意别人的说法，但仍旧无济于事。

我陷入了一种低落的情绪中，久久无法抽离。

我在直播间码字，有人质疑假打，有人怀疑我的年龄，说看起来像46岁，还有人说我码字十三年简直不可思议，吹牛连个边都没有。

这个世界上生存了许多奇奇怪怪的人，他们固守自己的一小片天地，不愿意踏出自己的舒适圈，更不愿意相信他人，更有偏激者会去攻击他不愿意相信的一切。有句话说得好，所见即世界。

我在网上分享我开了六家店，有人便质疑我的真实性，当我把店的地址都公开，有人仍旧质疑我，说我是被男人包养了，所以才有钱开店。于是我经常下播后郁郁寡欢。

晚上睡不着，秦湜安慰我："这并不是你的问题，你为什么要把这些评论放在心上？好的建议和意见我们可以听取，其他的不用太理会。"

当我明白这一点后，我习惯不再回复这样的评论。

但我身边还是有朋友因这些得了抑郁症，不是每一个做自媒体的博主都拥有一颗强大的心脏。

朋友叫舟舟，是一家花店老板，闲暇画画、喝茶，平时就是在网络上分享一些岁月静好的东西，但网络上总有人发出一些她被人包养的言论，因为被包养了，所以才有钱有闲。网上的人还扒出了她的花店，她感到很恐慌，长期处于一种焦虑的状态中。

我再次遇到她的时候，她早已退网，在向我讲述这段经历的时候，她语气是平静的："有人适合从事自媒体工作，有人就真的不适合，我是那种很在意流量的人，也是那种太容易把不好的言论记在心里的人，所以做自媒体的那段时间，经常不开心。现在我想开了，维护好我的小花店，招待好我的顾客，人生何处不相逢，也没有必要在网上扩大宣传我呀。"

提到流量，每个做自媒体的人都深有感触，流量是最不稳定的东西，可能上个月流量好，这个月流量就不好，说得再具体些，上个视频流量好，下个视频流量不一定好。我身边也有很多全职自媒体人，他们是要靠自媒体平台吃饭的，而一旦流量和金钱挂勾，就非常容易让人焦虑，哪怕他这个月月入十万，他仍旧会担心下个月分文不入，或者被封号。

我也会经常看到网上很多人说"网红那么挣钱怎么会抑郁"，类似这样的言论，只能说你没有经历过对方经历的事情，那你就没有资格去评判对方，往往一句轻飘飘的话就会成为压倒对方的最后一根稻草。

17℃的春

我很佩服舟舟，她是一个能够及时止损的人，她通过自媒体获益，却能够做到不贪恋。现在的她勤恳工作，热爱广泛，喜欢自然，珍惜一切，她只要站在我面前，我就会感觉到世间美好。她身旁的花，寂静开放，在这一隅天地里，花开花落，瞧得见四季更替。

舟舟有句话说得真好：春日迟迟，相逢有时。

沙子微小，但在阳光的照射后是滚烫的

　　在春日的某一天，多年未见的老同学阿翟突然来找我，他的样子几乎没什么变化，穿衣风格倒是变了些，从我记忆中休闲的运动装变成了版型不错的风衣。

　　他坐在吧台对面的凳子上，眉眼舒展，毫不拘谨，我一边给他做咖啡，一边有一搭没一搭地聊着天，他说偶尔会看我直播码字。

　　我跟他开玩笑："怎么从来没见你给我刷过礼物。"

　　阿翟赶忙说道，下次要是再碰到我开直播一定给我刷礼物。

　　谈及工作和生活，他介绍说自己已经在同一个公司工作了六年的时间，现在拿着挺不错的薪资。还和同部门的一个女生恋爱了，很快他们就要结婚。

聊完了彼此的生活，很自然地，我们聊起了过去认识的人。回忆过去，是每次和老同学见面的必要程序。提到的这些名字我并不陌生，他们曾经是我的同学，但后来慢慢就失去了联系。

我大学读的是秘书学，这个专业可能更适合当老师和公务员，这也是大多数同学的选择。我们细数着大家毕业后的择业，有些感慨，那个平时不怎么着调的男同学竟选择了去支教，裤脚沾满了泥巴也丝毫不在意；那个大学从来没有谈过恋爱的男生最先当起了父亲；还有大学里挂过科的女同学考研二战，最终考上了211大学。

很多人的选择与我记忆中他们本该循着的路径大相径庭，突然对那句"对于三十岁以上的人来说，十年八年不过是指缝间的事，而对于年轻人，三年五年就可以是一生"有了更深刻的感悟。

阿翟喝了一口我做的咖啡，突然感慨一句："咱们那一届，创业的不多，你算一个。"

这也是后来好多同学找我，上来就问："曹总，最近有没有好项目投一下？"这还真是只有亲同学才能毫不顾忌向我问出的话。

我毫不留情地回复道："没有，捂好你的小钱包！"

创业的这些年，有人羡慕我，说我勇敢，敢于追求自己想要的人生；也有人拿我当反面教材，说："看吧，创业就是那个下场，赔得血本无归。"

阿翟问我，关于这几年创业有没有特别的经验和感悟与他分享一下，因为他也有创业的想法。

我郑重其事地想了一下，觉得自己想说的话很多，但一时间竟不知道从何说起。

见我迟迟没说话，阿翟又问我："是后悔了吗？"

"肯定是后悔过的，但更多的时候又觉得创业这件事是值得的。"

毕业后，我选择了创业这条路，虽然说有合伙人，但大多数时候都是要独当一面的，要熟悉公司的每一个环节，无论缺失哪个岗位，你都必须在第一时间补上，以此来减少公司的损失。而且需要懂一些财务知识、运营知识、管理知识，当然最重要的是销售知识。最原始的商业就是创造产品，卖出产品，而后产生利润，所以能够把产品宣传出去、卖出去始终都是最重要的。这就要求每一个创业人，要在最短的时间内学习最多的知识，以此来应对未来的各种无法预料的意外和突发状况。

刚创业的时候，我经常会感到恐慌和不安，脑海里总是非常容易想到一些不好的结果，尤其在面对每个月的收入不均时，会感到无比焦虑。

但是当你创业很多年，你心里的某一块地方会磨出厚厚的茧，你会觉得从前担心的那些事好像都不是事了，有人称之为麻木，有人称之为坚强，但我觉得更像是看开了，经历过的各种挫折和困难练就了我的内心。创业是一件可以让人在短时间内快速成长的事情，它会拓宽你的认知，会让你从全局的角度看事情，也会让你的心理年龄快速增长。

所以创业应该是好的吧。

我很喜欢一句话：遇到困难，就去解决困难。

这么想想，就会觉得人生好像也没有什么好恐惧的。

在创业的路上会遇到各种各样的人，有利益至上的，有热情真诚的，我不再像年轻的时候纠结于去辩驳他人的观点，更不去论断每个人不同的选择，而是把关注点放在自己的身上。

我反问阿翟："所以创业，应该是好的吧？"

"听你这么一说，或许是吧。"

"创业也好，考公也好，去公司也好，只要我们从未放弃过自己，从未放弃过成长，就是很好的一生，就是值得纪念的生活。"

他点点头："有道理。"恍惚间，我看见他的脸上又露出少年时期那种青涩、澄澈的笑容，一如当年在学校的篮球场上同班级的男生们传来的笑声。

我拿起面前的杯子与他碰杯，一只瓷杯，一只玻璃杯，相撞，发出清脆的声响。

阿翟走后，我约了一个顾客，是一个要来给我讲故事的顾客。

开店这些年遇到了很多人，为了让大家给自己提供一点素材，店内长期有"一个故事换一杯咖啡"的活动，我因此偷窥了许多的人生，获得他们同意后，有些故事我会改编到自己的小说里，有些就只放在自己的脑海里。

当听过一百个故事，总会遇到一个自己特别喜欢的；当遇到一百个不同的人，也会遇到那个自己想要成为的人。我很喜欢那种热气腾腾、活在当下的人生，这些人有的安静、有的吵闹，但他们散发的气场都很温暖，是你看见他就会获得无限能量的感觉。

后来我才发现，他们这么随心生活不是因为年轻，而是因为他们珍惜当下所拥有的一切。有人活着活着就会活明白，而有人

17℃的春

到死都没有活明白。

我很喜欢一个顾客，她是令人过目不忘的人，好似浑身带着光，无论走到哪里，都会让那块区域的亮度、饱和度升高。

我还很喜欢她对自己的比喻，她觉得自己像青岛沙滩上的一粒沙子——卑微、不起眼，但阳光照射后，它却是滚烫的。

而有一天，她也许会沉入海底，得到永恒的洗礼。

醒春

在山里住是不需要闹钟的，要么是被邻居家养的鸡叫醒，要么是被山间的鸟鸣声唤醒，当然我更希望是后者。

有一次清晨，听见野鸟在院子里突然鸣叫，叫声极为空灵，我裹了件外套出门想要一探究竟。结果推开门，那只不知道名字的鸟便呼啦着翅膀飞走了，而映入我眼帘的是仿若下过雪的院子。前一天一场春雨后，樱桃花凋谢了许多，樱桃花的花瓣很小，但它们聚集在一起却可以达到厚厚的一层。

樱桃花凋落后，树叶会一天比一天绿，以迅雷不及掩耳之势。我每次看到春季的植物都很想用"疯长"两个字。山里的樱桃大概五月份成熟，都是些小樱桃，但色泽鲜艳，像红宝石似的，每年都会引来众多顾客采摘，味道有点野味，更多的是甜味。

我把院落简单地打扫后，便带猫咪多鱼出门遛弯了。邻居家已经生了炊火，传来阵阵饭香，住在山里的人，作息极为规律，日出而作，日落而息。

不知道从哪一天开始，河边的杨柳也已经返青了，是毛茸茸的嫩黄色，柳树算是在春天里苏醒得很早的植物，而后是田间的一些叫不出名字的植物冒出嫩芽。多鱼随我来田间散步，身上的毛发变得湿漉漉的，春秋季节早间田地里的露水比其他季节多一些，我在田间走一圈便湿了裤脚，鞋子的四周也沾上了一些深褐色的泥土。

春天也是最多雾的季节，上午的山间经常有白雾覆盖，远远望去仙气缭绕。

在春季最后一个节气谷雨那天，我望着清晨的山，突然就想起苇岸来，在大学时读过他的《大地上的事情》，最喜欢他那句"世界温和，大道光明，石头温柔"。

他在书里写蜜蜂、写蚂蚁、写麻雀，写许许多多生活在大地上的生命，用谦卑的笔触写壮丽的万物。他是真正亲近自然、亲近大地的人，后来我查阅他的资料得知，他其实想出一本以二十四节气为主题的书，可是疾病突然来了，文字在《谷雨》那

To-do List

春

- ☐ _____
- ☐ _____
- ☐ _____
- ☐ _____
- ☐ _____
- ☐ _____
- ☐ _____
- ☐ _____

爱自己的 **12** 件小事

泡一个舒舒服服的澡，
可以睡香香

冲一杯暖乎乎的咖啡

列一下自己想要做的事，
未来充满期待

养一盆自己喜欢的植物

抱抱自己的小宠物，
陪它玩会喜欢的玩具

和朋友一起跳绳吧，
出一身汗

在放纵日里尽情地吃吃吃

买一个舒服的枕头，
睡美美的觉

去海边喂喂可爱的海鸥

做一顿好吃的饭吧

去自然里，
晒太阳 吹吹风

拍一些自己喜欢的照片
或记录自己幸福的瞬间

篇戛然而止，他的生命也止于39岁。

喜欢他的读者都说，他是去更广阔的天地了。

而他留下的文字，将无限逼近永恒。

散步回来的路上，太阳早已升起，日光下花树的影子雀跃，多鱼追赶花枝的影子不亦乐乎，我坐在一旁的石阶上等它，心中涌出些欢喜来。

它玩了有十几分钟，玩累了便趴在我的旁边，我们像两块无所事事的石头，发呆、静止。

平日里习惯了赶时间、做计划表，好像浪费一个钟头便十恶不赦，唯有住在山上的这些日子，是缓慢的，好像做什么都是来得及的。

生命冗长，缓慢度过，接受植物铺天盖地的生长之势，大概就是醒春的含义。

像植物一样生长

1

　　我开的咖啡馆中位于吴兴路的店环境是最安静的。店里放着民谣，狭小的空间里，三张桌子上被顾客们放满了电脑、书籍，有人在学习，有人在工作，有人像我一样在写稿子。

　　我们互不干扰，在一个小小的空间里，形成了某种默契。

　　所以如果我想工作，我一定会待在吴兴路店里，如果我想放松，我就会选择去北九水店或者二龙山店。音乐和茶是二龙山店的代名词，北九水店则是烤肉和泳池，虽然那个泳池并不能游泳，但有一只大黄鸭可以玩，坐在大黄鸭的身上，它可以驮着你飘向泳池的各个地方。

这几个店唯一相同的地方就是每个店里都种了花草，虽然我不擅长养植物，但我很享受照顾植物的乐趣。春天的时候，早早地就把去年用过的花盆倒腾出来，换上新的泥土，等一个合适的天气播种、移栽。碰到院里的花开了，我会剪几枝放到屋内，给钢筋水泥的空间里添一些生命力。

某个下午，阳光透过嫩嫩的梧桐树树叶在小院里投下斑驳的光影，而有一块光刚好投在月季花上，几许明亮，几许繁艳，我拍下花朵的照片，心里温温软软的。

植物就是有这样的魔力，它会一次又一次地治愈我们。

我有无数个时刻都想像植物一样生长，它们安静独立，只要有阳光，就会一直向上生长。

有一次读一本叫《山中岁时》的书，作者在书里写过一个很有趣的愿望："让现在的生活继续下去，让我的亲人都平安，让居所周围的树木能活得比我长久。"第一次看到有人这么许愿，她说她会和这些花朵相见、相守，静静期待下一个春天到来。

看，和植物相关的文字、愿望都是美的，具有生命力的。

2

装扮一个店就像装扮自己的家一样，我把喜欢的东西不停地买进来，把坏掉和无用的东西扔掉，勤快的时候就打扫打扫卫生，当然也会有偷懒的时候，书架上也会落下一层薄薄的灰。

心情好的时候就开门纳客，实在状态不好也可以关上门，自己躲在店里。

这是一个漫长的过程，我会慢慢和自己的店磨合，让其成为一个更适合自己的空间。

店铺还在装修的时候买了本《好想开家咖啡馆》的书来看，书里面描写了许多中国很不错的咖啡馆，我也想汲取一些灵感。书里有一段我特别喜欢的话，是奥地利一个诗人写的："一个好的咖啡馆应该是明亮的，而不是华丽的；空间里应该有一定的气息，但又不仅是苦涩的烟味；主人应该是知己，但又不是过分的殷勤；每天来的客人应该互相认识，但又不必时时说话。咖啡是有价格的，但坐在这里的时间无需付钱。"

一个好的咖啡馆，一定是一个让客人感到自在放松的地方，或者，我更想和客人说一句：欢迎回家。

在人生这条路上一定会有"先来后到"的秩序，我的第一家店又小又破，处处都是不完美，但随着时间的积攒，我对它倾注的情感最多，它代表的不仅仅是一个空间，而是我许多年的记忆，它是我的另一个"家"。

就像老和尚手里那个破旧的木鱼，直到敲到天荒地老。

就是类似那样的决心。

· · ·

3

2023年的春天，光荣抱着春天的花束来吴兴路咖啡店找我。

他是很有才情的一个学弟，在学校的时候我们从来没有见过面，但经常读对方写的文字，也算是惺惺相惜。大学还没毕业的时候，他就被邀请到各个音乐节目、演唱会现场。好多歌手转发他的文章，为他寄去唱片，他的微博做到百万粉丝，慢慢成为知名乐评人。

那是一种很奇妙的联系，我用这么寂静的方式见证了一个人的成长。

初次见面是在北京，一家摆满美丽花朵的西餐厅。这里的每一道菜上都有花朵，造型精致，哪怕回到青岛后我也念念不忘，甚至一度想把自己的咖啡馆也摆满花朵，但核算了一下成本后，只好作罢。

真实的他和我通过文字认识的他，还是有些许不同，他的才情是带着理性的才情，他凭靠自己的感觉，同时也凭靠自己的理智。当然令我最惊讶的是，他年纪比我小许多，却非常了解自己，对自己的未来有诸多明确的规划。

要知道，这个世界上最难的，就是了解自己。

他不艳羡别人，他跟我说："我知道那样很好，但不一定适合我。"

他的言谈和生活习惯像极了我小说中的某个男主，有格调，爱生活，在北京这座大都市里坚守着自己的喜好和原则。

分别的路上，收到了他发来的微信："从前隔着文字只能感觉到飘来飘去的仙气，坐在一张桌子上吃饭才有生动的烟火气，感觉是那种会再见的朋友。"

正如所期待的那般，我们有了后来的许多次见面。

就讲讲我们最近的这次见面吧，除了欢喜，还带着一点像砂砾般的悲伤。

他刚刚参加了生平的第一场葬礼，他的至亲。年轻的时候我们都不太懂大人们所说的意外来得那么突然。

在没有调整好自己的状态前，他没有见任何一个朋友，他其实并不太想听到朋友们的安慰，"因为发生这种事，他人的安慰其实是无用的，走出来还是得靠自己"。

"你现在走出来了吗？"

"我以前读到一句话，觉得特别恰当，亲人的离世，不是一场暴雨，而是此生漫长的潮湿。"

有生之年的遗忘是困难的。

我们可以调整好自己的状态，却无法避免生活中关于对方的若干细节，像花开到荼蘼，只要想起，就会叹息，就会难过。

他向我说："有许多浪漫的作家在书中描写亲人的离世，是去了另一个更美好的世界。但其实不在了，就是消失了，生活中到处都是他的痕迹，但就是找不到他这个人了。我们家里有一个柜子，因为尺寸太大没法上电梯，是我父亲背上来的，我家住二十几层，我母亲每次看到那个柜子，就会默默流泪，她独守着父亲生活过的那个空间，她其实比我难受百倍、千倍……"

他讲到这里，我看到他眼里的泪光，也有想要哭的冲动，但是我忍住了，送了他一个微笑，我想我和他都不想在朋友之间去蔓延这种悲伤。

他抽了几张纸巾，把眼角的泪擦掉，我们非常自然地转移了话题。

· · ·

4

他跟我分享他买的一大杯茉莉柠檬茶，把茶倒在玻璃杯中，然后我又往里面放入了好看的干花花瓣，没有找到茉莉花，只好用山茶花来装饰。

他真诚地夸赞我的装饰好看，并第一时间拿出手机来拍摄。从始而终，他一直都是那个热爱生活的男生，会为了拍好看的照片找到屋内有着明媚阳光的一角，也会俯下身来听气泡水碰到冰块时发出的"刺啦刺啦"的声音。

他在不停歇地记录，他觉得生活美好。

与此同时，我也向他分享："这是我三年以来状态最好的一段时间，因为期待和希望对一个人来说真的非常重要，虽然我当下过得也不怎么好，但是我有了许多憧憬，就会拥有许多动力。"

他从窗边明媚的一角向我走来，"说到这里，我想起一句话，信心比黄金重要"。说完后，他坐在我吧台对面的高脚凳上，用极其随意的姿势转了一圈，慵懒又悠闲。

"对，只要有期待有希望，内心就会感到快乐，而这才是春天最大的意义。"

"每次到了春天，我真的一秒钟都不想浪费，想要在户外拥抱每一株植物！"

他已经习惯了对许多事情闭口不言，也很少再写那些长长的文章，但他却愿意不厌其烦地跟至亲跟朋友分享他最真实的感受。他依然真实又赤诚，只是换了种方式。

我们继续谈论梦想，谈论那些未尽的事宜，谈论我的不满以及我的急迫。

我问他："为什么不能在最好的年纪拥有一切呢？"

他随手向我指了指吧台上的花朵，他说："你看，这么美丽的植物，开花的时候也不会有果实呀。你不要着急，随着时间的流逝，你想要的都会拥有，真的，我深信不疑。"

他这句话说到了我的心坎里，人必定是贪心的，但未必能够满足。

他就是这样一个可以给我带来灵感的朋友，是一个分享书中喜欢的句子并不觉得矫情的朋友。

就像他说的，有些话我们只能对特定的人说，因为只有特定的人才会有当下脱口而出的氛围。

最后，他用一首歌结束了我们短暂的见面，在辉煌的春天里。

回去的路上他向我坦白："当年请你去那家餐厅是有点囊中
羞涩的，但我觉得是值得的，因为我觉得你会喜欢那个环境。"
而这已经又过去了许多年。

有的朋友哪怕自己再艰难，都想把最好的给你。我想起我身
边许多朋友，他们都是这样的人，不自觉地，我心里涌起酸酸的
感动。

期待下次相见。

风起，风落，吹跑了最后的春天和纯真

时隔多年，当我再一次听到布谷鸟的声音，仿佛和小时候听到的一样。

我小时候的家在县城的最北面，上学的路上会路过田野和一片种满杨树的小树林，平日里那片田野悄无声息的，偶有风吹过时发出"沙沙"的声音，但是布谷鸟的声音却极为洪亮和清澈。

母亲学着布谷鸟的声音告诉我，这种发出"布谷"声音的鸟称之为"布谷鸟"，我被母亲模仿的声音逗笑，捂着肚子在床上打滚。

后来那片树林被砍，田野也没了踪迹，目及之处都成为高楼，我再也没有听到过布谷鸟的声音，并且在长达十年的时间里也从未想起过这种声音。

直到那天我又一次听到，这才发现，很多记忆并不会因为不曾想起而不存在，它们一直都在脑海深处。

太阳一点点落下去，余晖穿过白杨树宽大的叶子，随着风晃啊晃，后来暮色浓稠，仿佛一张质量很好的深色锦缎，泛着光。

在那个出行不超过3公里的小学时代，小树林对于我们每个人来说都仿若一片待探索的神秘基地，我们一排人坐在田野里，看着在天空中小到不能再小的风筝，心里涌起密密麻麻的不知足，要是风筝的线再长一点就好了，我们的风筝肯定是飞得最远的那一只，直到肉眼都不可见。

那只风筝代表的可能就是我们对于未来的无限期待，风筝和未来，我们都希望越远越好。

嫩绿嫩绿的田野里，被风吹过后仿若海浪，五个小小的少年，身后是笔直的杨树，叶子"哗啦哗啦"地响，我们的笑声在田野里依次散开，散到了不知名的远方，天空被云朵拉扯，偶尔云朵也会快速移开，呈现出一小片裸露的蓝。

那是一生中非常美好的时光，我们每个人都像是小天使那般可爱。

渐渐地，天越来越暗，我们恋恋不舍地把风筝拽回来，并相约下周还要一起放风筝，到时候我们要买最长的线。但实际上，那是我童年时期唯一一次放风筝，再后来我再也没有放过那么高的风筝，它就像一种荣誉存在于我的记忆里，也像是我们永远无法重来的人生。

有很多人问我来自哪里，我都会回答说潍坊。一提到潍坊几乎所有人都知道潍坊的风筝节，大家非常顺口地问我："那你放风筝厉害吗？"

每次我都会想起小时候的那次经历，想向他们描述一下，我放过这个世界上最高的风筝，连线都没有了，但思忖半天，最后还是回答道："不太厉害。"

好像早已经过了那个什么都想要争第一的年纪，我究竟是否会放风筝这件事根本不重要，大家只是随口一问，而我也只是随口一答，我懒于绘声绘色地描述。

风起，风落，吹跑了最后的春天和纯真。

以前在书里读到一句很喜欢的话，作者说自己对这个世界充满了诸多不满，希望自己能长成一棵大树，这样，在他的脚边就会有属于他的一片绿荫。

长成大树，拥有一片属于自己的绿荫。这也是我人生的目标。

这些年我好像全身都有用不完的力气，我想要成为知名企业家，想要成为受读者喜爱的作家，以为只要自己足够努力，这所有的一切都会唾手可得。可随着时间的流逝，我有些失去了向远方的勇气，转而对过往充满疲惫。

我有无数次咒骂过命运的不公，后悔自己曾经做过的选择，但好在兜兜转转，我始终没有放弃过自己，也懂得无论何时何地都不可以违背自己的内心，人生只有做到归心，才不会慌乱挣扎。

就像时隔十年，我又听到了布谷鸟的鸣叫，在风筝节上仍旧有那么多好看的风筝，重要的是，它们拥有着长长的线，可以飞得很高，去到我们小时候心心念念的远方。

拾荒——星辰与光

1

2023年，我参加了人生第一场音乐节——迷笛音乐节，这一年也正好是迷笛学校的三十周年。

我知道迷笛的名字是因为我的合伙人赵印是乐迷。我们第一家咖啡馆开业的时候，店里来了好多乐迷朋友，都是赵印在音乐节上认识的，他们友好又真诚，为我们带来祝福。

那个时候我便感到好奇，不过就是在音乐节上萍水相逢的陌生人，为何在节后会成为这么亲密的朋友。我们在苏州的合伙人思思也是赵印在音乐节上认识的，当时思思只是问了赵印一句，要不要来苏州一起开店，两人便一拍即合。我们送去了咖啡机、咖啡豆，在思思风景如画的民宿里设置了一个咖啡角。

苏州的店一直都是思思照看，那些我们去不了的时月，赵印和思思两个人便在各自的店里放同一张歌单，然后截图发朋友圈，这是他们的默契。

所以我一直都好奇迷笛到底是有什么样的魔力，我终于有机会去一探究竟，而且是作为展商的身份，这也是我们第一次跨城卖咖啡。

去之前我们在各大媒体平台发布了去迷笛音乐节卖咖啡的消息，并设置了"暗号"——"老板立减五块"。网友们纷纷回应："迷笛见"。

我们真的在音乐节上"接头成功"，有人小声地趴在我的耳边说："老板立减五块。"有人干脆在摊位面前大喊："老板立减五块。"我们为他们减了钱，他们很惊喜，说没有想到"暗号"真的有用，然后喊更多的小伙伴过来买咖啡。我也很快便体验到了乐迷的疯狂。

我们的摊位面前排起了长长的队，我们一共四个小伙伴一起卖咖啡，依旧觉得人手不够，一个人负责点单，两个人负责做，一个人负责出品，大家忙得上气不接下气……

我们没有时间核对大家有没有付钱，但大家都很自觉地付款后给我们看截图。

扎扎实实忙了一整个下午后，晓晓感慨道："我的腰都直不起来了。"晚上九十点钟相对来说清闲一点，我们几个人轮班去看演出。

. . .

2

现场一共有四个舞台，每个舞台的乐队都不一样，很多人在现场赶场，而我们的摊位正好处在各个舞台的中间位置，我坐在摊位前可以看到每个人赶场的姿态。

大家在场地上肆意奔跑，有人一边跳着舞一边前进；有人走几步便挥动几下旗帜；还有人排火车，牵着手蹦跳着前进。赵印忍不住在摊位上大喊："你们好！""你也好！"我们得到了热情的回应。

大家仍旧疯狂，直至深夜。

但毕竟是海边的城市，昼夜温差极大，夜里温度过低，很多人到摊位面前问有没有热水。于是，我们给大家烧水、送水，但大家都自发地转钱，有人转5元，有人转10元，我们说不要钱后，大家又来一句："那来杯咖啡吧，支持一下生意，毕竟你们的水也是花钱买来的。"

很平常的小举动，但觉得特别暖心。

通过跟顾客的聊天，我得知，来参加音乐节的人来自祖国的各个地方，大家从天南海北赶过来，还有一些人是因为曾经在音乐节上相遇成为朋友，于是再相约着来下一场。

其中有一对情侣我印象特别深刻，女生说，当年她参加音乐节的时候，看到前面的男生把女朋友扛在了肩上，她便在人群中说了一句，自己很羡慕，结果下一秒，她就被旁边的男孩子也举到了肩膀上，被举起来的那一刻，她终于看清了舞台，也在那一刻她泪流满面。她爱上了那个在茫茫人海中把自己举在肩膀上的男生，两人成为情侣，只要有机会他们就会来音乐节，看看这个曾经两人相遇的地方。

还有一个顾客，是回来找人的，他说曾经在一场音乐节上认识了一个女生，在人群中他捡到了女生书包上的挂饰，因此相识，于是三天里，两人自然而然地结伴同行，留下了许多美好的回忆。遗憾的是后来分开的时候没有留下联系方式，回去之后，男生一直都念念不忘，于是这次想来碰碰运气，看还会不会遇到那个女孩子。

我把一杯温热的咖啡递到男生的手上，然后笑着跟他说："祝你好运。"

接下来，我再没有遇到那个男生，也不知道故事的结局，也许未知和待完成才是每个故事的动人之处。

．．．

3

忙了三天，赵印累得瘫坐在椅子上，嘴上说着："暂停营业几分钟，歇一歇，不卖咖啡了。"可一旦有顾客来，他又第一个站起来，投入营业当中，果真身体还是很诚实的，他一边做咖啡，又一边感慨道："谁会跟钱过不去呢？"

惹得我和小伙伴在一旁哈哈大笑。

音乐节终于还是进入了倒计时，现场是此起彼伏的欢呼声与祝福声，那种震撼是没有办法用文字表述的。

于是我们开始激情送咖啡，我们喊着："房租到期，咖啡赠送！"一下子拥上来很多人，我们用完了最后一包豆子，最后一盒奶。

散场的时候，我们和周围的摊主一起拍照留念，一起签字，一起互留联系方式，还有很多摊主为我们送来了礼物，有纱巾，有贴纸，有自己做的小手工。令我最深刻的是有人为我们送了一个小零食。零食是一个立体三角的外形，味道吃起来有点像饼干，它鼓鼓的肚子里，塞着一个小纸条，每个人的纸条都是不一样的。我把零食咬开，看到了专属于我自己的纸条，纸条上写着：你的善良终会有回报。

看到纸条的那一刻，我内心深处，某种不可名状的情绪复苏了。

我们那些不为人知的付出，终会得到回应或者留下痕迹。

我也不知道，但我可以确定的是，我们总需要去历经这些美好，然后给自身补充能量。

美好的时光总会终结，但星辰与光却可以永存心间。

春喧赋新歌

从前觉得采茶是件浪漫的事，直到我坐在马扎上连续劳作几个小时，竹篮里却只有薄薄的一层茶叶时，才知这世间所有劳作之事都并非易事。

可想着我既然答应了朋友，要给对方寄最纯正的崂山春茶，也不好言而无信，于是又低下头来认真劳作。

租赁的茶园就在离店铺不远的地方，一个依山傍海的好地方，用来浇灌的水是纯正的山泉水。头茬春茶最为珍贵，待茶叶炒好后用山泉水冲泡，这样泡出的茶水会有一种独特的清甜，以此盛名。

但比起崂山绿茶，我更爱喝崂山白茶，入口鲜醇、轻柔。白茶的制作方法更为简单，只需要把采下的茶叶晒干或烘干即可，工序少，可以很大程度上保留茶叶中的营养成分。

17℃的春

茶叶如此，世间其他事情亦是如此，保留最本真的，许是最好的。

我的头发天生自来卷，从小到大一直有一个"金毛狮王"的外号，十几岁的时候羡慕旁人黑直的长发，羡慕他们的头发不仅不会打结，还会随风飘扬。那会儿流行留刘海，其他人厚重的刘海每一根都听话垂落，而我的刘海总是歪歪扭扭，要么翘起来，要么卷起来。

我嫌弃自己的头发，每每都央求母亲带我去把头发拉直。味道刺鼻的软化膏，半干的头发，直板夹夹上后，发出"滋滋"的响声。就这样，从初中开始，我每年都会将头发拉直，延续了十多年，我不允许我的发丝是卷翘的。

直到去年春天，我发觉自己的头发受损严重后，才下定决心不再拉直头发，就保留头发最本真的样子。它偶尔规则，偶尔凌乱，偶尔还会被粉丝夸，烫的头发很好看。我解释说自己头发是天生自来卷，旁人也觉得羡慕。

每个人皆是如此，我们总是希望得到自己未曾拥有的东西，倾羡旁人的生活。

好在我们都会成长。十几岁的年纪叛逆挣扎，用最拙劣的手段掩饰自卑，如今快要三十岁的时候，我越来越能够接受自己，无论是美的、丑的，最真实的就是最好的。

这是我十多年来，漫长的觉醒。

但有人的觉醒，却是突然的。

某日去参加友人举办的聚会，在场皆为女性，后半场我们谈及了自我觉醒这个话题。我说我如今最大的感悟是："越来越喜欢自己，无论是好的，还是不好的，喜欢自己的一切。"

"是的，要好好爱自己。"

我身旁一直沉默的一个女生，突然来了句感慨的话。因为喝了一些酒，她脸颊有些泛红，我们的目光被齐齐地吸引过来，她缓缓开口，讲起了关于自己的故事。

她早婚，曾迷恋于对方的体贴和细心，却不料对方在事业上有所成就后，开始变得膨胀，还做出了背叛婚姻的事。但为了家庭，她选择了原谅，她觉得即便离婚、再婚，其他的男人也不过如此。

本以为日子可以浑然着过，可就在一瞬间，她坚决要与男人离婚，未来的日子里，哪怕孑然一身，也没有什么好怕的。那样的决绝，仿若变了一个人，男人似乎也没有想到，平日里温柔的妻子会有这么坚定的时刻。

讲到这里，她眼含热泪，而我却看见了她发亮的灵魂。

过去的我们，可能茫然过，彷徨过，挣扎过，可能像茶叶一样被翻炒数次，然后才有如今的坦然与觉醒。

我们要谢谢过去的自己，谢谢我们仍旧饱满的灵魂。

等茶叶悉数处理好后，我既送了友人绿茶也送了白茶。我瞧见她给茶叶拍照后，发了一个朋友圈：托友人的福，拥有一个美好的春天。

我们去山里看花吧

杏花

　　我住到山上后真正体验了什么叫杏花微雨，二龙山店的小院里有一棵上百年的老杏树，树干很粗，但长得并不算高，我们把桌椅搬到杏树下面，每次风一吹的时候，就会有花瓣落在茶杯里，客人也不嫌弃，就这么就着花瓣喝下去，别有一番体验。

　　每次到了春天，我唯一的愿望就是不要下雨不要刮风，希望花朵在树上盛开的时间长一点，再长一点。

　　有一年的春天，我还做了一件特别浪漫的事情，就是在杏花树下给亲朋好友写信，把在微信上三言两语就说明白的事情，变换成长长的一封信，再把落在纸上的花瓣一起装进信封里。

他们收到信后，非常喜悦，直言已经很久没有收到过信了，还把那些花瓣小心翼翼地拿出来夹到书里。

时间再往前推几年，那时候我真的会认认真真给好友写信。写信是一件非常虔诚又缓慢的事情，心也会随着文字一点点沉下来。

一笔一画，一封信需要写很久，夜里11点钟，宿舍都断电了，躲在遮光窗帘里打开小夜灯，就着暗淡的光继续在小桌板上写。比起高效，更注重心意和真诚，对人对事都掏心掏肺，而不计较得失。

许多年过去，我已经不再像从前那般频繁写信，而那些记忆最终也变成了信笺上的小楷，成为青春的特殊印记。

· · ·

槐花

槐花本身就是清香甘甜的味道，可以摘下来食用。一到春天槐花盛开的季节，我们会采摘许多用来包包子或者炒鸡蛋。我还会将做好的槐花包子寄给朋友，并叮嘱他们尽快食用，有时候还没等我叮嘱，他们便回复我："早吃完了。"

有一次我心血来潮问了他们一个问题："一个是我亲笔写

的信，一个是我亲手包的包子，如果只能选一个的话，你会选什么？"

"当然是包子了！"

看，我们都变成了实用主义者，美食的力量还是无比强大的。

．．．

木香花

吴兴路店门口栽种的是木香花，是同样开店的朋友推荐给我们的，他说木香花不仅好养活，而且好看好闻。就这样我从网上买的半米高的木香花，短短一年的时间木香花便长了满墙，开出密密麻麻的小小的白色花束，每次走到门口，我都能闻到木香花若有若无的淡淡清香。

木香花盛开在暮春，盛开在温度最适宜的时候。

有一次我看到两个小朋友趴在木香花面前，极其夸张和贪婪地吸了一大口气，然后两人相视道："好香啊！"一边说着，一边用手朝自己衣服方向摆动着，想以此把香气更多地沾染到自己的身上，我被两个小孩子的动作逗笑，但又有点感动。在如此天真的年纪，她们明明这么喜欢这个花，但她们想到的并非占有和采摘，而是站在它的面前，去呼吸，去分享，去铭记。

花落了，什么都没有留下，却留在了她们的记忆里，嗅觉的记忆有时候会比摸得着看得见的东西更长久。

以此反复，乐在其中。

到了夏天，木香花不会再大面积地开放了，而是选择零星地开放，比起那些颜色艳丽的月季，木香花显得格外清爽与恬静，像一个身穿深绿色加白汉服的古风美人。

我研制了一款特调咖啡，剪下新鲜的木香花朵放在咖啡上点缀，纯白的木香花像一朵盛开的白莲浮在水上，一切看起来都美好极了。

．．．

双樱花

双樱花的开花日期属于在春日花朵中最晚的一批，彼时单樱花都落得差不多了，它才开始肆意地盛开，而花朵的盛开和树叶的生长是同期进行的。

院里的那两棵双樱似是活了许多年，树干很粗，无数的粉色花朵集中在树干上，成了一场秘密的盛世。

我很喜欢在树下穿过，那件松垮的衣物上灌满双樱花的香味，是极淡的芳香。

有一次在店里碰到了一对情侣顾客，女孩很喜欢院里的双樱树，她拽着男孩的衣袖，久久不肯离开。男孩有些无奈，但还是笑着，眼睛里全是宠溺，目光似一条温柔的河流。

在暮色四合的树下，两人就这么依偎坐着。

谈及两人从前的时光，女孩兴高采烈地和我讲，男孩会绕远路特意送她回家，一件特别微不足道的小事，男孩坚持了半年之久。后来两人住在一起，终于可以携手一起回家。

一起回家这件小事，是属于他们的日复一日的细水长流。

我给他们送完两人点的甜点后，便不再打扰他们，但背后总有嬉笑声传来，女孩还在和男孩争执："是我先喜欢你的！"

喜欢这件美好的小事，让两个人争喋不休。我忍不住回头望了一眼，恰巧看见女孩皱着小鼻头，装作恶狠狠的样子看着男孩。

男孩又笑了，伸出手温柔地摸了摸女孩的头发："大概，冥冥之中，我们是同时喜欢的。"

"那我一定更喜欢你一点。"

身后的笑声，绵远，悠长。恋爱这件事，不需要形容词和副词来修饰，你只需要从他们身边经过，就能体会到其中的一切美好。

29 ℃ 的

夏

海面上的点点星光。

一把草籽

2022年，是我在青岛的第八个年头了，于我而言，青岛的盛夏，是白色的海浪和汗涔涔的额头。

记得我还在读大学的时候，暑假会提前回学校勤工俭学，工作完之后一个人待在宿舍里，不喜欢开风扇，就一个人汗涔涔地啃书。那会儿特别迷恋哲学，于是每次读书搞得都像是一场修行，对书里的文字不自觉地有了敬畏感。

读书读累了，我就跑到阳台上看夏夜的天空，当时宿舍的阳台是露天的，一阵暖风袭来，仿若一层热浪，闷得有点让人喘不动气。我随手擦一把汗，然后双手扶在栏杆上仰起头，天空的颜色并不深，有点偏深蓝色，四五星光阑珊于天际。

回到卧室后我总是习惯性地闻闻掌心，果真掌心里都是铁锈的味道，但那种味道并不讨厌，我反倒觉得满足。

八年后，我重新拥有了这种"修行"的感觉。

书房是家里最小的房间，没有装空调，晚上在书房直播码字，没多一会儿又汗涔涔了，有时候直播间人数实在太多，成千上万人，不好小动作太多，也不好停止，所以就任由这些汗水随意洒落。

我用的是机械键盘里的青轴，声音极其响亮清脆，我享受这种有节奏的节拍带给我的舒适感，身前仿若有万马奔腾的气势。

文字、夏日、汗水，组成了我周而复始的灵魂。又好像只有这样辛苦和汗涔涔才能对得起笔下的文字，每个文字都很值得，都很珍贵的感觉。

当然，八年后的今天，对于暴烈的夏日，我又有了些新的感悟，关乎自然。

位于北九水的民宿还在装修的时候，有一天我和合伙人赵印一起上山，彼时，游泳池已经完工，但是草坪上的草还长得稀稀落落。

赵印从仓库翻出一袋种子，他走在我前面，一边走，一边撒草籽，并不是特别优雅的动作，甚至说有些过于随意。但是当那些草籽随着他挥舞的动作，各自散落在土地上时，我脑海中突然想到了一首诗："草在结它的种子，风在摇它的叶子"。我们站着，不说话，就十分美好。

原来，撒草籽是一件这么浪漫的事情。那一粒粒小小的种子，落地后会变成一片绿色。

赵印撒草籽的这个动作，缩小成一个小小的画面，将长长久久地存在于我的脑海里，大脑就好像照相机一样，不停地存储美好，而这些美好的画面，足够支撑我去度过漫长的夜。

我的脑海中，还有很多类似这样的碎片，比如我坐在游泳池边上的时候，一群小青蛙四散开来；比如我亲手摘了一个无花果，掰开来里面是新鲜的粉色果肉；再比如大树茂盛，树下光影斑驳，一只脱了壳的知了猴紧紧地抱着树……

我第一次看见萤火虫，是在很高的草丛里，那些像点点星光的绿色，就那么在你眼睛里闪呀闪的。跟城市里的灯红酒绿相比，山里的晚上黑暗静谧，却可以在最短的时间内静下心来，蛙叫、蝉鸣，还有萤火虫身上这些微弱的绿色光芒，每一个细节每一个瞬间，都让人感觉到治愈。

这些场景粗糙不够精致，但是每一寸地方都充满着野趣和惊喜，让人感觉到生命的魅力。

所以我在山上短短几个小时里给不下于十个人发消息，说我真的很想住在山上不想下去了，这里那么安静，四周都是蝉鸣，伸伸手就有新鲜的果子可以吃。偶尔还会有野猫过来溜达，山上的猫都很干净，身材也很健硕，它们悠闲地踱步，一点都不怕人，经常会钻进我的镜头里。

我并没有刻意去估量这些小事在我心中的分量，我只知道自己非常喜欢自然的一切，当我们离自然越来越近的时候，会发觉自己越来越渺小，而许多烦恼也就更不值一提了。

想起八年以前，我刚刚学习用相机拍摄，经常一个人拿着相机去街道上走走，有一个听起来很酷的名词叫作"扫街"。

那个时候我就已经习惯把这些美好的画面记录下来了。

还记得当时青岛的海面上因为阳光洒下来，晶晶亮亮的，我拍了一张，随手发了条朋友圈："青岛的夏天，是阳光淋湿了海面。"

所以人生，我们比的不是谁比谁更顺利，而是比谁能够在逆境中翻盘重生。当我们的脑海中有足够多美好的事物，生命中有值得的人，那就有持续的好好生活的勇气，在人生这座迷宫里，就不会迷路。

这里有咖啡，就等你的故事

　　位于吴兴路的店是我开的第一家咖啡店。刚开业那几日，我十分忙碌，因为发推文搞活动预告，所以有很多慕名而来的人，又加上很多朋友来捧场，我几乎每天都从早上八点忙到晚上十点，中间没有一点空闲时间。

　　从来没开过店的我，哪里经历过这些，于是不过五六日的时间我便病倒了，这次的病来势汹汹，许久未感冒的我，不仅高烧不退，还夹带着呕吐。

　　我的合伙人赵印比我更辛苦，他晚上要上夜班，白天要来看店。那几日他老家有事，连夜坐八个小时的绿皮火车回家，第二天早上五点钟再坐一整天的顺风车回来。

　　我因为生病不舒服，那一天便早早回了家，晚上他看店，大约八点半的时候，他刚想关门回家休息，没想到进来两拨儿客人，既然开了店，哪有赶客的道理，赵印干脆发了个朋友圈：今日小店营业到24：00，这里有酒有咖啡，就等你的故事了！

我问他："你不回去了？"

"不了，今天睡在咖啡馆里吧，第二天我直接从咖啡馆去上班。"要知道咖啡馆里只有双人坐的沙发，连张简易的折叠床都没有，我不知道他是如何艰辛地凑合了那一晚。

其实刚开业那些天我接待的很多客人都会问我同一个问题："听说青岛好多咖啡馆都是不挣钱的，你们这里定价这么低，是靠什么赚钱啊？"

我知道顾客只是本着好奇善意地询问，但这样的问题通常会把我问住，一如那个更常见的问题：明知道不赚钱，为什么一定要开一个咖啡馆？

不知道说喜欢，是不是太矫情；说情怀，是不是太做作。那只能说，可能这是我和赵印的某种私心，是通向理想道路的某种可能，是一种未知，更是不知何时就可以抵达的惊喜。那时的我很害怕生命里平庸的部分，而咖啡馆作为一种浪漫的、不会老去的意象出现在我的生命里，好像拥有了一个不为赚钱的咖啡馆，我就能和大多数人不一样，我就能特立独行，就能完成我理想中的关于浪漫的想象。

我和赵印都不是全职开咖啡馆的，赵印利用下班的空暇时间过来看店；我自己创业开公司，干脆把电脑搬到了咖啡馆里，一边开店一边工作，有时候叫公司同事来咖啡馆开个会。

一边忙公司的事，一边照料咖啡馆，真的挺令人头大。咖啡馆虽然不大，但需要忙的东西千头万绪，所以并不像表面上看起来那么诗意和惬意，有时候到店的客人和外卖单子同时来便会让人应接不暇。

不过这种种困难也在意料之中，好在后来我们对咖啡馆的工作越来越熟练，还招到了很好的员工，于是可以拥有很多闲暇时光在咖啡馆里喝喝咖啡，和朋友说说闲话。

开店真的会认识很多朋友，你不知道下一个推门进来的是谁，更不知道他身怀着何种技能以及他有怎样的故事。

咖啡馆里有一把吉他，曾有一位外表看似很低调的客人进来，问我一句："可以弹吉他吗？"

"当然可以啊。"

于是他毫不怯场地坐下就弹，等他清冽而又温柔的嗓音一唱，整个咖啡馆都变得静悄悄的，大家都在听他唱歌，一曲唱尽，大家都为他鼓掌，他羞涩地笑笑，而我不免多嘴问一句：

"你是歌手吗？"

"不是，但我当过一段时间的流浪歌手。"他说后来为生计所迫，不得不回家找工作，算起来他已经很久没有碰吉他了。

"那你还弹得这么好。"

"手指是有记忆的。"

我能看到他因为唱歌而更加鲜活的双眼，刚刚进来的他看起来有些怯场，但是一碰到吉他就变得如此自信。

我同他说，我们咖啡馆组建了一个吉他协会，里面有不少喜欢吉他的小伙伴，等办活动的时候他可以来参加，或者可以来店里驻场，我们帮他举行一个小型的个人演唱会。

"真的吗？"

"当然了。"

"其实我真的很想一直唱下去，只不过有时候很多事放下了就是放下了，迫不得已地走上一条很庸常的路。"

"怎么说呢，很多事情是要我们尽一切努力去坚持的，有时候我倒觉得，与其问人生的意义是什么，不如问坚持的意义是什么，可能真的到了某一个点，一切都会变得不一样。"

他若有所思，冲着我点点头，然后手指在吉他上拨弦，唱了一首许巍的歌："没有什么能够阻挡，我对自由的向往……"

或许对于我们这些平凡人来说，大家所要走的都是一条庸常的路，有的人或许已经认命，从庸常里过出幸福来，可也不是所有人都甘心，还有一小部分人在挣扎，为了那个很小的可能而全力以赴。

我想我和赵印就是那一小部分人。

我们每天都在为了生计而奔忙，可是奔忙之余总该再追求些什么，那些不被人看好的喜欢，以及不为名不为利的坚持。可能开咖啡馆的初衷就是为了在一个雨天能有自己的一个小院赏赏雨，能跟朋友在下班之后有一个聚会的地方，能有一个天地把每个角落都布置成自己喜欢的样子。

为了咖啡馆能够一直维持下去，我们不得不做宣传，不得不研究每一款产品，满足我们自己私心的同时，也可以有一个让它存在的理由。

渐渐地，咖啡馆能够回报给我们的可能更多，比如我想赵印会在这里遇到他的一生挚爱，我会在这里遇到我下一个客户，咖啡馆或许在我们的坚持下成为一个知名品牌，我们或许有一款文创产品卖得很好，拥有一小部分粉丝。这些都是我们美好的期望。

还是那句话，人生的意义在于自己的选择和坚持，很多事情只有我们一点点去做了，才会知道未来到底会不会实现，有时候跟结果比起来，途中的惊喜更是让我们喜出望外，这也算是一点点小小的回馈。

就像赵印说的："现在做的，终究是以后怀念的。"

我相信，总有一天，你也会成为自己的惊喜。

生活在别处

大学刚毕业的那段时间，我是想要当全职作家的，并且也确实全职了几个月，然后就不知不觉地过上了日夜颠倒的生活。

后来我觉得全职作家的生活有点无趣，每天都是在书桌前不停地看书，不停地码字。我的桌子上经常空无一物，只有电脑、键盘、保温杯，就算是白天，房间里的光线也并不明亮，而是很温和的白光，我盘腿坐在板凳上，开启我一天又一天平淡无奇的时光。

我的书桌后面就是床，写累了就直接瘫倒在床上，有时醒来是晚上十一点钟，有时是凌晨三点钟，可能是别人刚刚进入梦乡的时候。然后我睁开眼看向天花板，心头涌上一种乏味迷茫的感觉。

小时候的梦想就是成为一名作家，但感觉作家的生活我并不喜欢。

因为不出门，所以也懒得洗脸梳发，我开始热衷于买睡衣，买各式各样的睡衣，每天换着穿睡衣成为我生活中仅有的调剂。

就是那个时候我萌生了开店的想法，想通过开店认识更多的朋友，也想通过开店让自己有点事做，不要太空虚和乏味。

那个时候的我认为想要成为作家必须要有生活的阅历才能够写出深刻的作品，却不知道在被生活一次次磨平棱角的时候，早已没有了写作的心气儿。

后来我的想法实现了，我陆续开了公司，开了店，以为自己会成为一个优秀的企业家，以为自己历经风雨定能写出警醒世人的作品。

可实际上我太忙了，忙到连看书写作的时间也没有。

无意间我在书里看到一句话"生活在别处"，我才恍然大悟，当我们过着某种生活的时候总在遥望另一种生活，我们想当然地以为别人过着的生活远比自己的生活好，偶尔再懊恼一句："当初我要是怎么怎么样就好了。"

就像我现在即便开了公司，投资了一些项目，偶尔还是会怀念当全职作家的那几个月，那种无所事事的快乐。

29℃的夏

过早地实现了梦想，但往往并不能适应梦想生活的节奏，然后不知不觉地走了很多的弯路。经过了很多事情，回头发现，那其实才是自己梦想中的生活，但却早已离梦想的生活太远太远了。

但书里还有一句话叫"活在当下"，如果当下的生活有点不如意，那就努力让自己的生活过得如意。

我慢慢地寻找写作和创业的平衡点，即便工作再忙，都要给自己留出读书写作的时间，也学着把自己心里紧绷的那根弦放松，想要有好的创作，一定要有一种松弛感。

庆幸的是，即便现实和理想相差甚远，我从未失去过信心。

写喜欢的文字，和喜欢的朋友相处，去走那些喜欢的路。哪怕当下是弯路，只要自己愿意，也终会到达终点。

我们总以为是自己的选择错了，但其实一天只有24小时，无论你怎么选择，都会有遗失和遗憾的部分，很多道理，当时不懂，直到命运把我们教会。

这世间没有什么是不可原谅的，更何况，是年轻时的自己。

半山腰的拥挤

在山上看店，有时店里的客人少，我就偷闲去爬山。崂山有过挺长一段时间的免费期，我一个人去走山路，走到哪算哪。

我很喜欢走一些小路，那里有不规则的石阶，石阶的缝隙中有时会冒出一两朵叫不出名字的野花。旁边的树木茂盛，枝叶垂到路的中间。

崂山的猫咪特别多，它们几乎不怎么怕人，站在栏杆上就这么直勾勾地看着你，有的猫干脆窝在树上，一棵形状奇特的树，每个枝丫都仿若是猫咪的踩板。

走饿了就在路边买个地瓜面包子吃，热了就买块冰镇西瓜。说是冰镇西瓜，其实就是把西瓜泡在冷水里，毕竟山上的许多摊位用电都不是很方便。可能是因为爬山的疲累和炎热，所以我每次都觉得在崂山上吃的西瓜格外甜。

五月份樱桃熟时，我偶尔会摘一篮子樱桃带上山，一边爬山一边吃篮子里的樱桃也是很惬意的一件事。有时会碰到游客问我樱桃卖不卖，我摇摇头，随口道："你可以抓点吃！"

对方抓了一小把，然后与我同行了一段路，我们聊着可有可无的话题，当听到我在崂山里开咖啡馆时，对方心生向往，说下次有机会一定要来我的咖啡馆瞧一瞧，我欣然应允。

下山后，我有时会在店里写毛笔字，字写得不好看，脑海里期待的样子和下笔总是有出入，好在字丑心静，心无一物的静。

于是我经常很纠结，一方面我希望店里的客人源源不断，能够给我带来很好的收入，另一方面我又希望店里没有人，满足我对自我空间的需求。我不是一个害怕孤独的人，相反，很多时候我会很享受孤独，因为我有许多种自处的方式。

朝外我可以拥有一整个世界，希望拥有一整圈可以拥抱的朋友，但向内，我希望拥有一颗完整的灵魂，以及无与伦比的宁静。

我是一个矛盾的人。

晚上，猫咪多鱼跳到桌子上准备小憩，尾巴不小心碰到了花瓶里的月季花，于是本就有些枯萎的花瓣悉数凋落，就这么铺满了一整个桌子，而多鱼躺在满桌的花瓣里毫不自知。

我睡不着，在喜马拉雅上找书来听，首页上给我推荐了倪萍老师写的《姥姥语录》，随机点开一章。

文章开头便是那句："孩子，山上风大，爬上去不容易，你使劲了，这辈子都不用后悔了。"

"山顶上看到的东西和山底下看到的就是不一样，半山腰都比山沟强。你问问那些能人，山顶上都有什么？咱们一辈子也想不到。人都是一辈子，可山顶上的人就是山底下的人的好几辈子，你没算账？"

当今社会的许多人都在推崇平平淡淡就是真，但是书里的这个老太太却不一样，她更赞成有能力就要上山顶看看，一辈子都在山沟里转没有意思。

那一刻，我所有的野心和欲望似乎都得到了解释。在那个拥挤的半山腰上，有人选择下山，有人选择继续攀登，而我选择了后者。

我被主播极为好听的声音哄睡，她缓缓的语速，没有夸张也没有过度的情绪，仿若是山林间不经意的回声，这些句子，洗刷了我一天的疲累，就这样，又重新变得有动力。

一夜好眠。

我们顶峰相见。

奔赴自己的山海

1

某一年的夏天，青岛下了很大的雨，我打不到车，只好蹚着水过马路，伞被大风吹折了，身上也被雨水浇透，我不得不跑到公交车站躲雨。

成年人的崩溃就在那么一瞬间，我在那个车站里旁若无人地哭起来，眼泪和鼻涕一齐流下，胸腔里盛满了难过和委屈。

长大后，我已经不再那么轻易哭泣了，因为知道哭解决不了任何问题，可是那一刻我知道，我哭并不是为了解决问题，那些眼泪只是单纯地为了自己而流。

就是那段时间我以为我再也过不上我想要的生活了，我以为我这辈子都要活在负债的困苦中了，我没有一天不在泄气、摆烂、自欺欺人，觉得自己的承受能力已经到了临界点。

身边的朋友都在负债，有投资环保项目负债三百万的，有开漫画公司负债一百万的，有做设计装修负债几十万的，有开餐饮负债十几万的……

夜里同他们饮酒至天明，大醉后我把背倚靠在栏杆上，头慢慢仰上去，头发在风中飘扬，城市的夜空里没有星星，只有无尽的深蓝，我感慨这样的劫难为什么出现在我们这群斗志满满辛苦创业的年轻人身上，我也突然意识到，当一个女子深夜看天空时并不是浪漫，只是难过。

黑暗中，风和黑云掠过上空。

第二天酒醒了，我又像什么都没有发生过似的，继续投入到忙碌的工作中。毕竟一个负债几十万的人，是连难过的情绪都不配有的。

每天我脑海里唯一的念头就是赚钱，赶紧赚到钱给员工发工资，赶紧赚到钱把房租交上。我写了很多买断版权的小说，算是贱卖，就这么赚了些钱应急。

但身上仍旧背着许多债，我变得急躁、冒进，赚钱的速度远远不及赔钱的速度，我厌弃这样的周而复始。每次去公司，员工和合伙人都不敢和我讲话，我阴沉着脸，脾气莫名暴躁。我变得不像我自己，不得不想了许多办法自救。

我开始疯狂地读书，用书里的文字慰藉自己，摘抄了许多励志的话，但在绝对的现实面前，理论往往显得太过单薄。

我怀念起大学时在图书馆读书的日子，一坐就是一整天。窗户外的花瓣飘到书桌上，我用手捻起花瓣夹在书中，那一页的文字写的是关于梦想的，我把里面的金句摘记下来，心里默默地下定决心，我以后一定要成为一个很厉害很厉害的人，那样寂静而温暖的时光，像溪水一样倾泻下来。

我成为一个彻头彻尾的悲观主义者，而悲观主义者靠着的，一定是这些虚无缥缈的谎言吧。

我在社交平台上跟粉丝解释了许久没更新的原因，给他们留言道：你见过我的笑语晏晏，也爱过我的神采奕奕，很抱歉，最后让你包容我徒劳的勇敢。原谅我的摆烂也原谅我的躺平，就算是经历过的人，拥有的一点奖励吧。

但是人生啊，挺过来就是挺过来了。

好在，我的这些朋友都挺过来了。

2

读过太多关乎坚强的故事，我发现其实我们生命中，没有任何一个人可以真正帮助你踏过生命里的坎，唯有自己想通、振作、坚守，才能成为海中风浪里唯一的灯塔。

我时常想，人到底是一种多么坚强的生物啊！记得我看过一个动画片，里面演绎了生病时人体里面的细胞和病毒奋力厮杀，不知疲倦，死了一批又有新的一批细胞顶上。我们身体里每一个小小的细胞从来没有放弃过我们，千千万万的细胞都那么一致地，那么努力地想让我们好好活着。

当我们拥有了对生命最诚挚的感激，那一刻也许就会明白活着的意义。

我算是挺过来了，而那段最黑暗的经历如今我也能够通过寥寥数语把它讲完。

我是从负债那年开始做每月收支记录，每笔收入来源我都会记得特别详细，哪一笔是通过写作，哪一笔是通过自媒体，哪一笔是通过店铺，又是哪一笔通过公司，这会让我在之后的时间分配上也有着明显的倾斜，赚钱的项目就多投入些时间让它成为主业，不赚钱的项目就保证存在就好。

而关于消费这件事，我渐渐成为一个清心寡欲的人，或者再说得准确一点，我变成了一个越来越了解自己生活喜好的人。平日里除了喜欢一些新的书和新的文字，其他物品都选择用惯的款式或者在常光顾的商家那里购买，其中也包括衣物，这些年我已经确定了自己的穿衣风格，并且不想改变。

于是，这些既定的购物选择不仅可以节省我很多时间，还能规避很多风险。只买生活中觉得有用的东西，即便它长得再好看，但是对我来说没有用我都不会买，而且我变得很讨厌囤东西，该扔的东西一定会第一时间扔掉，补新货的前提一定是旧货坏了或者没有了，我喜欢我的生活物品是替代制的。

就这样，负债之后我没有买过任何奢侈品和任何生活中无用的东西，当然买给朋友的礼物不能省，生活中的鲜花不能省，我只是列出了属于我自己的需要买的和不必要买的。

我的生活因为我明确的金钱记录，也渐渐变得清朗起来。

知道钱是通过什么赚的，又是花在了哪里。

从前对父母之辈攒钱的行为嗤之以鼻，我会跟他们争辩说："钱不是攒出来的，钱是赚出来的。"

有计划地浪费一生

可直到有一天，我真正有了存款才明白，有存款意味着有了底气，也是自己的抗风险能力。然后我可以去做一些不以赚钱为目的的事情，可以在某个月给自己放假，告诉自己说，这个月不需要赚钱了，你的目的就是玩。

身后有保底有后盾，面前是自己需要奔赴的山海，这是我能够想象到的最好的人生了。

. . .

3

疫情的这些年，我们也想了很多方法自救，店铺不能开门就在网上卖咖啡，店里没有顾客就招咖啡学徒，接受开店咨询业务。

靠着招收咖啡学徒，让店铺在经历疫情后还安安稳稳活了下来。

学徒中有一个是大学生，合伙人赵印当时觉得她是学生，还没到赚钱的年纪，所以只收了她材料费。她手艺学成后，偶尔会在店里帮我们看店，每次她看店的时候店里都收拾得特别整洁，顾客也都很喜欢她。赵印想付她看店的费用，她不要。嘴上说着不想成为店里的员工，不希望形成雇佣关系，可每次却又非常积极认真地来帮我们看店。

我想，也许她是用这种方式来表达对我们的感谢吧。想到这一层，就觉得暖心。我很喜欢人与人之间的这种关系，互助、感恩、同行。有无数无数的时刻，我都不觉得自己孤独。我想，也正是因为身边人的这些支持，帮我度过这难熬的漫漫长夜吧。

从前我觉得，是疫情这三年耽误了我，浪费了我最宝贵的人生。现在却觉得这其实是至关重要的三年，它就像黎明升起太阳之前片刻的至暗。它让我经历苦难，也让我静下心来审视自己，它让我成熟，并重新考虑自己想过的究竟是何种人生。

又想起年少时读过的一句话：凡是不能杀死你的，最终都会让你更强。

如果人生再重来一次，如果我仍旧有开店和开公司的机会，也许我还会选择这么做。这是我人生一个重要的选项，我会积极争取，而创业这件事，和生命里千千万万件事一样，我们可以允许自己失败，但决不允许自己轻言放弃。

钟声如缕，余生，我们继续奔赴自己的山海。

与理想的交易

我在家里最常待的地方就是书房，做博主后收到品牌方寄的两盏护眼灯也都被我安在了书房，于是那些阴天的日子，或者平常的夜晚，书房就变成了家里最明亮的地方。

尤其喜欢在暴烈的雨日读书，打开窗帘，窗外昏暗一片，把书房里的灯全部打开，再点两只有着黄色火焰的蜡烛，当雨水滴在世间万物上发出清脆的声响，成为自然的鸣奏家，我连音响都不需要打开。

我喜欢囤书，即便家里已经有一摞又一摞未看完的书，仍旧会买新书回来，然后再像打怪一样，把摞成小山丘的书堆一点点变成平原。

我会把每个月需要看的书都挑到书桌的小书架上，看完后如果觉得喜欢就放在家里的大书架上，如果觉得没有那么喜欢，就会把它放在咖啡馆的书架上。等书到了咖啡馆又会进行更精进的分类，我会在书的最后一页贴上"非卖品"和"卖品"的标签，如果是售卖的书，我还会贴上价格。

我觉得自己像个倒腾书籍的小商贩，在书店、家、咖啡馆、图书馆中不断地倒腾图书，那是我不为人知的小快乐。那种感觉就好像在海边大浪淘金，在无数的书中淘到自己喜欢的，想要一直珍藏的，丢掉自己不喜欢的。

一旦喜欢一个作者，我会买下他写过的所有书，可能因为偷懒，可能因为想要在对方身上剖丝抽茧后得到我想要的成长历程。

一本本书像是自己生活中的里程碑，我会随身带一个本子做记录，记录一些一眼心动的句子，好似我需要的只是这些我喜欢的句子和观点，整本书只是空空的皮囊，有时被客人借去，未归还，我也不会介意。

我很少一本书翻阅第二遍，生活中的时间本就不够，我宁愿用有限的时间去读一些新的书，这个世界上的书是读不完的。

生活重复的人，对书里新鲜的文字没有抵抗力。

而在书堆里读书，这些纸墨的味道总会源源不断地治愈自己。

网络平台上，总会有粉丝留言问："如何通过读书提高自己的写作水平？"

要么问："我想写作需要看什么书？"

偶尔我也推荐一些书，但也会反复向他们强调，无论阅读也好，写作也好，都是一项比较长期的事情，看书不一定要跟写作结合在一起，我们读书也不是为了写作。

在书里看到过一段很喜欢的话，里面解释了我们为什么要读书。书中的大意是，如果我们不读书，那我们世界观、人生观、价值观的形成都会源于我们身边的人或者是自己所处的环境，周围的人谈论什么你也会谈论什么，周围的人是何种眼界，你也会是何种眼界。但是读书不一样，读书是带着你看世界，是让你遇到不同的人，看到不同人的生活，只有看得多了，我们才能够找到真正的自己。

所以，读书是我们最低成本，最快速地通向理想的道路。

在书里，我们可以看到作者毫无顾忌地描述自己的梦境，毫不遮掩地表达自己的爱恨，包括那些在现实生活中对方从来没有显现过的脆弱、阴暗。

在书中我们和这个世界联结，以此拥抱更多的灵魂，完成一场与理想的交易。

而向与光，藏与俗常

2019年夏天，我为了完成一个项目曾短租过一个单身公寓，位置靠海，站在窗边可以看见微澜的海，一望无际。

公寓的隔音并不好，在房间里经常听到或是缓慢的或是急促的脚步声，也会听到嬉笑声，严肃的交谈声，偶尔还会听到半夜的哭泣声，对于声音非常敏感的我来说，一度准备换个地方。

直到某一天晚上的七点钟，楼上传来了钢琴声，是一首我叫不出名字的曲子，弹得非常流畅，听起来很悦耳。

夏日的七点钟，天还没有全黑，从窗户透进来的暗淡光线在木制的地板上投下光晕，伴随着好听的旋律，我盘着腿坐在飘窗上随意写下一些文字，这是我住进公寓以来，第一次感受到了快乐。

钢琴曲持续的时间不太长，二十多分钟的时候，声音戛然而止。

第二天晚上七点钟，这个声音又如约而至，我能听得出来，她换了曲子，是那首很知名的《梦中的婚礼》，我倚靠在沙发上，背后垫了一个大大的抱枕，音乐仿若从各个方向投进来，我像是在音乐会的中央，而这间简陋的屋子成了我一个人的音乐展厅。那天她还弹奏了《天空之城》《安妮的仙境》……

那些我叫不出名字的曲子，我不自觉地打开音乐类软件听歌识曲，于是那些旋律，那些名字，就这么一个又一个跳进脑海里。偶尔大气磅礴，偶尔寂寞忧伤，偶尔清淡清新，最终它们带给我一种不可临摹的壮阔，像把自己的心彻彻底底清洗了一遍，心间一片明净。

在这种短暂的自由中，天地和音乐只属于我，没有任何的旁观者，我体验到了转瞬即逝的永恒。

我忍不住向朋友们描述这件事情，我说我从来没有想过楼上住着一个钢琴家会是这么浪漫的一件事情，随着音乐的戛然而止，我的心又会有一种破碎感。

有一天我下楼倒垃圾，恰巧看见一个穿白色连衣裙的女孩背

29℃的夏

着一只大提琴，身姿挺拔，气质卓然，在那一瞬间，我的直觉告诉我，她可能就是我楼上弹钢琴的女孩，但等我鼓起勇气想要上去打招呼的时候，她打的车已经来接她了。

后来直到我搬走了也没有机会认识她，因为我的胆怯，我从未踏上那个电梯，从未去过楼上。

但那日在门口碰到的大提琴女孩儿，却又满足了我所有的想象，于是倒也不觉得有遗憾。

后来，每次有人找我谈论艺术，我都会想起那些夜晚的钢琴声，艺术本身是能够给人带来最简单的愉悦感，愉悦自身，也愉悦他人。

艺术，是永不熄灭的光亮。

以爱为名

1

经常看我直播码字的小伙伴都会认识一只名叫六六的猫咪，因为我每次直播，它都会趴在我身边，久而久之，大家来看猫咪的热情甚过我。

从前直播间的问题都是和写作相关，渐渐地，全都跟猫咪有关。

猫咪是合伙人赵印在六月六日那天捡到的，所以起名叫六六。它还是一只小奶猫的时候是生活在咖啡馆里的，脸小小的，两个耳朵显得格外大，于是每次来店里的客人都会忍不住说一句："耳朵大有福哟，注定做不了流浪猫。"

29℃的夏

后来，六六越长越大，和它同龄的猫咪相比要大许多，一直以为它是狸花猫加白的我终于想起去网上查找相关的资料，这才知道它其实是四川简州猫，体型高大强壮就是它非常明显的一个特征，其次就是它显著的大耳朵。四川简州猫的耳朵不仅大，还有两只小耳朵叠加在耳廓处，形成令人印象深刻的四耳。

得知这些明显特征的我，心里愈发自豪，还主动承担起了科普的职责，再有客人问起它的体型，我都要加一句："四川简州猫看起来就是要大一些！"

不过，它体型虽然很大，身姿却是矫捷的，养在咖啡馆的这些日子，它从来没有把咖啡馆的任何东西弄乱过，所以晚上让它独自睡在店里，我们都很放心。

六六很爱睡，一天的大部分时间都在睡觉，有时候跳到最高的电箱上面，有时候趴在窗台上晒太阳，有时候窝在沙发上，但是更多的时候它喜欢趴在我的腿上。

只要我搬出电脑来坐在沙发上码字，它一定会乐呵呵地冲我跑来，然后十分娴熟地跳到我的腿上来，自己寻找一个舒服的地方呼呼大睡。

我通常为了它能睡得更安稳些动都不敢动，到了最后，我的腿都是麻的，可也甘之如饴。有时候我在吧台忙，它就会跑到顾客的身边睡，把小脚脚放在顾客的腿上，它睡着的样子萌化了很多顾客的心。

. . .

2

它生活的咖啡馆是吴兴路店，吴兴路店门前带一个小院，出了小院后是一个很大的菜园，六六经常会到菜园里散步，捉小鸟、捉蜜蜂、捉老鼠。

有一次它捉到一只小老鼠，叼着跑来向我们所有人邀功，它的眼睛澄澈中带着些狡黠，整个神情明显很骄傲，像是跟我们每个人说："看我多厉害！"

它骄傲的神情还经常体现在带我巡视它的领地时，它很喜欢同我一起散步。我们的散步路线是咖啡馆周围的几条小路，它尤为喜欢那些粗粗的绿色的管道，它在上面跑得飞快，跑到前面后再折返回来找我。

除了那些绿色管道，它还很喜欢爬树，三下五除二就能爬到树的顶端，然后一副神态自若的样子巡视着下面。我会在树下安静地等它，等它下来我们继续向前散步。

有一次我到水果店买水果，它也跟来了，一边在门口等我，一边很大声地叫，老板很随和地跟我说："你让它进来吧。"

我叫了声它的名字："六六，进来吧。"

它像是听懂了一样，左嗅嗅，右闻闻地进来了，老板笑着跟我闲聊："你们家的猫跟小狗一样。"

买完水果，六六又跟着我回来，屁颠屁颠，蹦蹦跳跳，看起来心情不错。

后来跟我出门跟习惯了，它每天都会冲我"喵喵"地叫，一边叫一边看向门外，我一看它的样子就知道准是想叫我陪它出去玩了。果不其然，我的脚刚迈出门，它便乐了，然后走几步一回头引领着我前进。

后来它走到了一块自己喜欢的土堆上大小便，但目光一直追随着我，我站在原地跟它说："没事，你慢点就行，我等着你。"它用土埋好自己的"粑粑"，过来蹭我，意思是可以继续走了。就这么遛了一大圈再跟着我回来。

有时候我实在没时间，它也会自己出去玩，等我忙完后再出去寻它。有时我会听到它和别的猫咪在菜园里吵架，叫声洪亮低沉，各不相让，猫咪有极强的领地意识，但没见它跟别的猫打过架，也不曾见过它受伤，于是就由它去结交"朋友"了。

六六有时候在外面玩不够，我叫它回来的时候，它就在我面前打滚，有一次我着急出去忙工作，不放心它在外面，吼了它一句，还朝着它"哼"了一声。它这才察觉出我生气了，于是赶紧起身来蹭我，我不理它，径自地回到咖啡馆，它也乖乖地跟在我身后回来了，然后一直不停地蹭我。

真是只通人性的小猫咪，它刻意讨好我的样子，简直是萌化了我的心。不过大多数时候我还是让它在外面玩个够的，等它玩够了，会主动回来，也不乱跑。

我觉得六六是幸福的，有疼爱它的主人，有自己的小伙伴，还有那么一大片好看的后花园。

· · ·

3

也许是因为它从小生活的环境，导致它并不是一只很高冷的猫，平日里你叫它的名字或者是跟它讲话，它都会回应你，有时候它懒得回应，就会冲你摇尾巴，我都怀疑它上辈子可能是只狗。

它更喜欢女客人，会让女客人摸它，一般长得高大的男生它不太喜欢。偶尔它也会有小脾气，不让摸的时候，它凶凶地蹭你一下，或者拿胳膊拍你，但会收起锋利的爪子，不会真的伤到你。

这时我都会问它一句："又不让人摸了？"

29℃的夏

"喵"它叫一声，算是回答我。

六六总是在上午的时候喜欢亲近我，尤其是我刚推开门的时候，它几乎是飞奔着向我跑过来，叫得很大声，然后在我腿边蹭啊蹭，一上午，我走到哪它跟到哪，我想大概是隔了一晚上没见它想我了。

下午跟晚上它自由活动的时间较多，不怎么太粘人。

我很喜欢我跟它之间这种亲密而又各自独立的关系，它并没有真正被我驯服，仍旧保留着它的野性和天真，同时它又是依赖而又信任我的。

有时候看看它优雅的姿势，轻盈的跳跃，我会微微的晃神，那是一种向往，向往着某种逍遥自在的生活，我的心里也像住着一只独立而又自由的猫一样。

其实我认识六六之前是一个有轻微洁癖的人，不太喜欢被动物舔，也受不了被沾满身的毛，可是六六这个小家伙，它可不关心你喜不喜欢，它又是撒娇又是假装没骨头地就跑到你身上来了。

当我摸着它的毛，感受着它的心跳，碰碰它的小鼻头，那一刻别提多治愈了，所以我从前那些莫须有的坚持，都不复存在。

它想舔就舔吧，掌心胳膊都痒痒的；它想蹭就蹭吧，衣服上全是它的毛再打扫就是了。有的客人怕猫那就只好不接待，绝对不会出现来了客人把猫咪赶出去这一说。

有时候六六会抬头看向我的眼睛，有时候我们相隔很远，但是对视一会儿它一定会向我跑过来。

我再也不相信人生所谓的原则和规则一说，你之所以有原则底线，是因为没有遇到让你打破原则和底线的事物。

而我也知道，宠物有它们的敏感和深情，它对待陌生人不屑一顾，但却愿意用自己的方式默默守护着自己的主人。

. . .

4

秋天到来的时候，六六会仰着头，一动不动地望向天空，它的目光会随着树叶的飘落而移动。有时候我叫它的名字，它只是冲我摇摇尾巴，但不会回头看我，自始至终它都在看向天空。

天空到底有什么好看的呢？我顺着它的目光仰起头，没多一会儿我便觉得累和无聊，然后我盯着它的眼睛，它的眼睛那么纯粹而澄明，就像小孩子一样天真和无畏。

我们喜欢小动物还有一个重要的原因，就是因为它们自始至终都在用时间换真诚，它们无所畏惧地对抗着它们所不理解的神秘和世俗。

跟动物之间这种暖心暖肺的情感是我们赖以期待的幸福美好。

有一天早晨咖啡馆特别忙，有好几单外卖，我没能及时喂六六罐头吃，也没能陪它玩。它等得急躁了，一直在我面前扯着嗓子叫，先是在我面前故意打翻一个纸杯，然后又开始撕咬圣诞树。

"听话，一会陪你玩。"

我尽力安抚着它，它终于消停了一会儿，乖乖地坐在旁边等我，可过了好一会儿我还没忙完，它开始有点坐立不安。

六六上前来拨弄我，我呵斥了它一句，它委屈了，气呼呼地跑了出去。

等我忙完手头上的事已经是二十分钟之后，我赶忙出去找六六，发现它正在树上玩得不亦乐乎，喊了几声都不搭理我，连看都不肯看我一眼。

冬日里寒风簌簌，冻得我直跺脚，我只好先进了屋，过了好久，六六才慢吞吞地回来，没有第一时间冲我叫，也没有第一时间吃东西，就径自挺直了腰板坐在窗边，看着窗外。

以前大家常说宠物也有自己的情绪我还不信，可看六六这个样子，可不就是生我气了吗！

我赶忙屁颠屁颠地跑到它面前哄它，它没有任何反应，整个猫都蔫蔫的，连它平时爱吃的罐头都提不起兴趣了。

难道它需要自己静一静？

我一边疑惑着，一边回到了我平日里坐着的座位上，坐下后又偷偷张望着六六，发现它也在看我。

冬日的阳光照射进屋内，在墙壁上洒下金色的光辉，六六慵懒地眨眨眼睛，不知道它心里想着什么，只知道过了没多会儿它主动来找我了，它的步伐缓慢，眼睛里有着不明的情绪，可我却被感动得一塌糊涂，它这么爱我，怎么忍心生我的气。

它胖胖的身躯极其灵敏地跳到我的身上，在我的腿上找了一个舒服的姿势，然后把脑袋埋进我的衣服里。

一场不知名的别扭，一个以爱之名的结局，只要你用心爱它们，总会得到它们的回应。

· · ·

5

因为疫情，店里时开时关，我不得已把六六带到家里养，结束了它为期四个月的散养生活。

它的适应能力比我想象中强，六六向来不会亏待自己，它总是能够第一时间找到最舒适的地方，比如它占领了柔软的沙发和宽大的床，并在供暖温度达到二十多摄氏度的卧室里露出白花花、毛茸茸的肚皮。

刚来家里时，它的作息不太稳定，要不就是晚上不睡早上不起，要不就是四五点钟起来要吃的，后来在一起生活久了，它的作息才和我们趋同，一起睡，一起起床，要是早晨看我们没起，会独自跑到阳台的桌子上晒太阳，不会再像从前那般"喵喵喵"地打扰我们。

后来我渐渐觉得，在和六六同居的这些日子里，不是我供养它，而是它为我将就得更多。它白天在家里孤独地等我，晚上陪我安静地读书码字，每天最期待的就是我陪它玩的那短短十几分钟的时间，而我对它的补偿方式也只有给它买最贵的猫粮，以此来减轻一点点我心里的愧疚感。

因为运动量的减少，它越来越胖了，体重达到了14斤。不过，别看六六胖，它可是我见过的最挑食的小猫咪，不仅我们吃饭的时候从来不跟我们要，而且喂它的食物也不一定吃，它只认几种特定的猫粮和零食。

它自己知道饥饱，吃饱之后绝对不会多吃，于是它的碗里总是会剩很多粮食。但它仍旧会仰着头喵喵叫，即便碗里有食物，它也想要寻求更新鲜的。

后来它更是喜欢有人陪着吃饭，它喜欢自己在吃东西时，有人摸它的脑袋，摸它的肚子，它会一边吃，一边发出"咕噜咕噜"的声音，于是我不仅是一个"铲屎官"，更是一个"陪饭官"。它越来越像一个撒娇的小孩子。

饭后它很喜欢跳上窗台看向窗外，我以为它是怀念在外面的生活，但当我带它重新出来的时候，它对外面的世界又是恐惧的。长时间的圈养，它已经不适合散养了，怕它有应激反应，我也很少再带它出来了，只是偶尔在夜深人静的时候把它带到咖啡馆里待一会儿，然后再带回家。

很快，就要到六六的五周岁生日了，在和六六生活的这些时间里，我拥有了一种叫真诚的内核，它的情绪和表达是真诚的，是澄澈的，这些稳定的情绪影响着我，成为我内心不会熄灭的光亮，让人很踏实。

总让人觉得美好并治愈我们的，就是和宠物的相处。

29℃的夏

风过芦苇

1

有时候我在咖啡馆里赶稿到深夜，一抬头时只有院落里零星的光，收拾好电脑、本子回家，顺便再从酒架上拿几瓶酒。

咖啡馆的酒架上摆放着各种各样的酒，精酿居多，其中一大部分是朋友送过来的。我不太懂酒，也无法分别出酒的好坏，于是我拿酒的时候不看种类也不看酒精含量，就看酒瓶是不是合眼缘。

家离咖啡馆很近，我一般步行回家，玻璃酒瓶在帆布包里发出"叮当"的声响，回到家后像开盲盒一样，开到各种口味的酒。放一部喜欢的电影，然后揽着猫坐在地毯上，脚边是随意打开的酒，有时秦涅会陪我一起喝几杯，有时是自己独饮。

脑袋放空，电影播放的内容并没有往脑子里记，就好像是开车时一闪而过的窗外风景，音量也是那种小到勉强可以听到，但足以打破房间的静谧。挠挠猫咪的肚子，手上会粘上许多毛，然后掌心相对，把这些毛团成小球放在一旁，不一会儿地毯上就被我摆满了小球。

这时，电影中的女主角在一个字一个字输入男主角的电话号码，在复制、存储功能如此便捷的当下，她选择这种颇具仪式感的动作，又或许是因为紧张、迟疑、拖延……我在面前这块小小的投影仪屏幕上读到了女主角的万千情绪。

那些浓烈的情绪是很难表达的，一如脆弱的感情也只能放在心里，我心里被她输号码的动作细节所击到，我在想这个女人是因为什么而爱得深沉，男人又是为什么在接到电话后沉默不语。

那一刻思绪太多，我赶忙喝一口酒压了压，酒真的是和这些微妙情绪最好的联结。

而喝了酒的夜晚可以洗刷一天疲惫，一夜好眠。

早晨醒时，秦涅从背后拥抱我，猫咪蜷缩在脚边，歪歪扭扭的酒瓶和已经空了的瓜子包装袋，乱糟糟的房间，可，又是鲜活快乐的一日。

29℃的夏

2

喝酒也好，喝茶也好，喝咖啡也好，我其实都没有太过于依赖某种，一般都是兴之所至。

无法选出最喜欢的酒是哪一款，感觉每一款都有自己的独特之处，而我也总是喜欢尝鲜，然后每次喝的时候都煞有介事地评价一番，但过几天，好像又忘了那款酒的味道。

心血来潮时我还给大家调酒，基酒用伏特加和威士忌比较多，再加其他饮品，加糖、奶油等，最后再加各种好看的水果或者植物装饰。

没开咖啡馆之前，去其他店里看到模样好看的饮品觉得惊奇，开咖啡馆之后才发现其实所有的饮品都不过如此。

这些饮品本质上都是一种联结，是人与人之间气氛的联结，是个人与寂寞空间的联结。

偶尔有朋友来店里小酌，三四个人喝一瓶啤酒，有酒量特别差的朋友，喝了几口后便微微红了耳廓。

那日的她穿一件松松垮垮的衬衫，草绿色，头发打着弯，像不规则的海藻，她的脸也慢慢红了，开始有些醉，整个人有些茫然，特别像一只反应迟钝的小动物。

我决心逗逗她，于是问她有什么愿望，她说："我希望我爱的人也爱我。"说完后便脑袋一歪靠在沙发上闭上了眼睛，两耳再不闻周遭事。

果真，有心事的人，是最容易醉的。

睡着的她胸腔起伏，我从衣架上随手拽了件衣服下来披在她身上，我的心中涌出些难过来。

有时候是爱一个人这个行为本身带来了难过。

我想等她醒来劝她，退一步，别有天地。

· · ·

3

在自己的店里待够了，我会去朋友开的精酿酒吧。朋友有自己酒厂，他亲自酿酒，第一次听说精酿也有余韵就是在他这里。我真的体会到了酒离开口腔之后，口腔仍旧被酒霸占的感觉，你的记忆、你的味蕾都牢牢记住了它的味道。

我对酒一窍不通，也品不出什么好酒，只觉得朋友家的酒入口后非常的顺滑，每一款都拥有琥珀般的色泽，在某个闷热的夏日，让这些酒细密地划过自己的舌尖、喉咙，感觉整个人都身心舒畅。

看到关于这位朋友的一个采访，他说这么多年以来一直死磕的一件事，就是酿酒。深耕和匠人精神在他身上显现得淋漓尽致，他的执着像一盏盏烛火，点亮他的路。

知晓他的故事后，我开始反思自己，如果我当时只深耕写作这一件事会不会也早已成为一个满腹充盈的自己。

可如果没有这么多体验，哪怕是坏的体验。

我是否甘心？

他那么拼命地深耕一件事，我这么拼命地维持许多件事，终归是选择的不同，也是人与人的不同，可我们都在很努力地向上爬，然后遇见。

始与末，初与终，只是过程中有无数种可能性。

又一日，朋友给我打来电话，问我要不要一起合作一款酒，由我来起名字，定风味，来售卖。

我内心只觉好玩和新奇，便一口答应："有机会一定要一起试一试。"答应的那一瞬间里，我脑海里涌出八个字：风过芦苇，绵绵无期。

那是我想送给你的酒的味道，些许浪漫，些许温凉，芦苇生长在岸边，夏夜与之共赴。

当然，这款酒，暂时，还未生产。

山里的小动物们

1

合伙人老刘养了一只灰色的泰迪叫元宝，相伴大概有近十年的时间了，早已处成了家人般。

元宝白日里生活在小院，晚上随老刘回家里睡。奔忙了一天的老刘总是头一沾到沙发上就睡着，然后元宝就陪着老刘在沙发上睡。在沙发上睡了一觉解乏之后，再到床上睡，从小就养成了这种寸步不离的习惯。

老刘无论去哪里都要带着它，哪怕是到苏州、杭州考察项目，元宝都要一路跟随，老刘怕酒店不喜欢宠物，就将就着和元宝在车上睡，睡一晚腰酸背痛也甘之如饴。

小院除了元宝还养了一条拉布拉多犬多多和一只狸花猫多鱼。元宝长得不好看，不如多多长得高大威猛，来的客人一般会被多多的外貌所吸引，老刘和嫂子怕元宝吃醋，就抱着元宝一遍遍安慰它："我们最爱你啦，你有这一对最爱你的老父母就足够啦。"

他们是真的把元宝当成孩子来养了。

元宝是一条没有绝育的小母狗，当然也会有春心萌动的时候，比如它就很喜欢邻居家的小白狗，体型和它差不多大，但是身上的毛比它长，不过身上的毛又好像长期没打理似的，总是脏兮兮的。但元宝似乎并不在意它的外表，每次小白狗来找它，它都飞快地跑到后院去与小白狗相见。后院和大路中间隔着一条小溪，并没有完全封死，每次元宝都会奋力一跳，跳到大路上，为了她的爱情。

然后两狗在一起嬉戏打闹。

· · ·

2

山里的小动物过得没有城市里的动物那么精致，风吹日晒下，每只小动物长得都有些潦草，但它们比城里的动物快乐许多，有很大的天地供它们奔跑玩乐。然而山里的主人们心里又会很担忧，生怕它们玩野了，不归家了，还怕它们的那份快乐又充满着危险。

先是元宝偷偷跑到后山上玩，不小心怀孕了，孩子的父亲不详，看孩子的模样，应当不是邻居家的小白狗。后是元宝生下的小狗乱跑，吃坏了东西死掉了，嫂子哭了整整一晚，后来每次提到那只小狗，还会偷偷掉眼泪。这些可能都是自由的代价，很多小动物都是看不见危险存在的。

还有多鱼去爬山，被石头划伤了腿，那道很深的口子养了许多天才好。

经过这几件事后，我们就经常把多鱼和多多关在笼子里面，只有我们在的时候，才会把它们放出来。唯有不怎么乱跑的元宝，在我们可见的视线里散养着，我们忙起来也会用绳索把它拴起来，这时它就会像个小孩子似的，哼哼唧唧的，然后用可怜巴巴的眼神看着我们，好像在说："为什么要拴着我？"

我也不管它听不听得懂，仍旧自顾地说："谁让你总是乱跑呀，散养是每只听话的小狗的特权！"

说到听话的小狗，营地的小狗极为听话，只不过我至今不知道它叫什么，因为它目前还未与我亲近过，每次我去它都是躲我远远的，冲我"汪汪"叫。

营地坐落是在青岛崂山区的景区沿线，一共分为三层，一层是房东阿姨和大叔自住，种了许多蔬菜，二层和三层留给我们用。营地门前会有不少游客经过，为了迎客，大门总是敞开的，但是房东阿姨养的那只小白狗，却从来没有乱跑过，而且每一个客人来它都会很敬业地叫，只不过因为它体积太小，所以客人没有一个怕它，反倒觉得它很可爱。

后来有人送了房东阿姨一只猫，那只猫也特别通人性，从来不乱跑，房东阿姨每次出门买菜或者溜达的时候，一猫一狗就这么伴随她左右，然后他们的身影渐渐隐匿在山间暮色里。

我每次想起那个场景，心里就会觉得特别温暖。

· · ·

3

我倒是很少见房东大叔出门，每次见到房东大叔不是在院子的摇椅上摇蒲扇，就是一边种菜一边听戏曲，听到中意的曲目，大叔还会轻轻摇晃脑袋，非常享受的样子。

为了哄阿姨开心，大叔还在院子里种了许多郁金香，有红色的和黄色的。由于花瓣的饱和度太高，每次拍出来的照片看上去就像假花，但顾客们仍旧乐此不疲地去拍摄。

每次房东大叔劳作，那只小白狗都乖乖地陪在身边，也不捣乱，偶尔开心了就在土里打滚，翻翻肚皮。它的毛发也不干净，但要是前面的毛太长，房东阿姨也会帮它理理发，或者给它扎个小辫。

许多顾客来营地，看到一层的两个老人和小白狗，都会心生羡慕，跑来问我们："我退休了能不能来营地上班？不要工钱，就是想来种种花，种种蔬菜。"

听听小曲，种种菜，也是我能够想象到的很好的暮年生活了，每次看到房东阿姨和大叔缓慢行动的身影，我心里都觉得平静和喜悦。

山里的人每天和动植物打交道，活得朴实纯净，房东阿姨和大叔不仅在我们装修的时候帮我们忙前忙后，还经常做好饭叫我们下去吃。某一个月我们忘记缴电费，大叔和阿姨既不催也不问，等我们隔了一个月才想起来的时候，大叔仍旧笑呵呵地跟我们说："不着急，不着急。"

有一次我下山，两个老人正在樱桃树下的石凳上品尝樱桃，背对着我望着远山，太阳已经渐渐隐去，树叶和背影成为了一些模糊的轮廓，那一刻我觉得无敌温柔、无敌美好。

下雨的夜晚

和秦涅在一起的第六个年头，他才郑重其事地把我介绍给他的发小程浩，虽然之前也见过面，但总归没有那么正式。

周五的晚上，找到一个既好吃又不排队的店非常不容易，好在其中一家火锅店的室外面积够大，于是只排了一会儿便轮到了我们，是一个靠近帐篷边缘的位置，我们四个人挤一挤才勉强不被雨水淋到。

帐篷外有雨滴陆续落下，流浪猫到帐篷内躲雨，一点都不怕人，远处的地面被雨水淋湿后反射出路灯的黄。切好的牛羊肉围成一个很大的圈，甚至比桌子还要大，那口热腾腾的锅就这么被围在了里面，排队的、躲雨的，服务员吆喝声，周遭嘈杂的说话声，热闹无序，是为真实的人世间，烟火气。

秦涅和我都是潍坊人，只不过生活在不同的城区，发小同他讲方言，听起来和我们那的方言很像，但又有点不同，我必须要竖起耳朵来努力听才能听得懂。

他们讲了从前的许多趣事，我接着程浩的话茬儿问："秦涅在初高中的时候有没有喜欢的女孩子？"程浩不假思索道："没有啊，你是我见过的唯一一个，Only one！"

程浩说得极为肯定又真诚。

谁料，秦涅毫不留情面地拆穿："上一个你没见？"

"噢，对对对，就两个啊，Only two！这么多年就两个啊。"一边说着，一边向秦涅使眼色，然后怕我心里有异样，又赶忙解释道，"秦涅真的是一个非常挑剔的人啊，眼光比较高啊，这么些年了，没谈，没怎么谈"。

我被程浩的言谈逗笑，笑得前翻后仰。

看得出来程浩是非常维护兄弟的人，只不过"手法"有点不太高明，还带着一点不怕被拆穿的率真，就好像故意拆台。

之前无数次听秦涅提到程浩，都是关乎程浩的一些趣事，于是渐渐的，我的潜意识里觉得程浩是一个不会有烦恼的人，那些人生每个阶段与之匹配的烦恼和忧愁，他一个都没有。

程浩酒量不好，却非常热衷于张罗酒局，许是天生爱热闹，就感觉是沸点很低的那种人，只需要很低的温度就可以热气腾腾。他总是热气腾腾的。

他和秦湦的性格截然相反。

秦湦不爱烟酒，平时没有什么特别场合也不会去喝酒，他更不爱热闹，很少主动去联络别人，更喜欢宅家和清净。当我听说他和程浩这几年的饭局全由程浩一人张罗时，不免震惊，真的是这么多年的友谊，全靠一个人维系。

"因为是不用随时联系的关系，有事只要开口就好了。"

生命中来来回回许多人，但有的人你就是会笃定他一直在。

这样的友谊，我突然就感觉有点羡慕。

在更为深入的交谈中得知，秦湦和程浩不仅是从小就认识的朋友，双方家长也很熟悉，算是世交，两人一起读书，一起到同一座城市生活，有着非常紧密的联结，早已成为了分割不清的关系。

正说着双方父母呢，程浩的妈妈就打来了视频电话，程浩把镜头翻转拍了拍我们："我和秦湦，还有秦湦他媳妇儿一起吃饭呢！"然后还没等我反应过来，手机就已经递到秦湦手里，秦湦和她打招呼，同时也介绍了我。电话那头的妇人向我展露出灿烂的笑颜，聊了许多家常话。

那是一种很神奇的感觉，明明是两座不同的城市，明明是有着不同生活轨迹的几个人，不仅可以坐在一起聊一聊，还觉得那么亲切，就好像已经相识了很久一样。

只需要一个可以在路边大口吃肉大口喝酒的夜晚，就可以治愈无数个失眠的夜晚。

雨有感情，风有呼吸，真好啊。

回程的路上，我和秦涅聊到了周遭的一些朋友。秦涅的私人微信号上不过几十个人，他曾经有过一次大规模的清理行动，我曾经十分费解，他只淡淡道："不联系的人，留着做什么。"

"但有一天是会联系的呀！"

"没有必要。"

也许大多数人都像秦涅一样，并不羡慕那些朋友多的人，在他们怡然自得的小世界里，更偏好简洁的人际关系。

朋友很少，但都深交。

而我的两个微信号，加起来快接近一万人，不知道我身上是不是有些生意人的特性，我极少主动删除任何一个人，我秉承着来者皆是客的原则。只不过这其中，有我特别欢喜的人，有我没有那么欢喜的人而已，但大家可以很好地和平相处，我们都是共同生活在同一个空间的人，我们可以平行也可以相交。

我从未对任何一段关系有着莫须有的期许，也不会对任何一个人抱有不该有的期待，随缘亲疏。如果对方对我很热络，我也会报以热情，但对方对我冷淡，我也会做到不打扰。

我追求人与人之间的某种细微联结，从上大学开始，就一直信奉信息的互换，这些年看到更多的人通过信息差赚到钱，更令我心生羡慕。于是我微信上的许多人，大家平时都不怎么联系，但是遇到某些特定的场景或者特定的事情，我都会想起特定的某一个人，然后大胆问候，真诚发问，双方并未觉得唐突。每一次交谈都是简短、郑重又真诚的。

偶尔也会遇到聊得来的朋友，然后自然地打开自己的话匣子，感觉有无数的话想说，于是在微信上交流，长达两三个小时，尤其喜欢倾听一些我未涉足过的领域。

我是天生对钱敏感、对信息敏感的人，我希望我会成为一个信息的交互地，把这些有用的信息传递给需要的人。这些年，我促成了很多项目和合作，有很多人因为我而相识，这对我而言，是很有成就感的一件事。

这小一万个人，来来去去，有人无声告别，又有人无声来到，这是我为自己建造的小世界，我们之间是直接又清朗的关系，摒弃了许多弯弯绕绕。

就算常年不联系，但大家一直都在，都愿意伸出援手。也是我为自己营造的某种安全感。

听完我的长篇大论后，秦渥表示理解，但他无法照做，在这个五光十色的世界里，每个人都有自己应当找寻的安静与喧闹，光彩与自由。

杏子梢头，车马慢慢行

院子里的杏终于熟了，一棵百年老杏树。听房东说，这棵树还是当年她母亲小时候栽下的，一载又一载，就这么存活了许多年。而自从我们接手了这个小院子，这棵杏树不仅长势越来越旺盛，结的果子也越来越多。到了六月中旬，目及之处全都橙黄橙黄的，而小院中央，也因为杏树的存在，拥有了一大片阴凉。

有时也会有小孩子从我们设置的台阶上攀爬到杏树上面玩，那些粗壮的枝干会承载足够重量。

有次我趁着没人，也偷偷地爬到杏树上，坐在它的主枝干上，一下子打开了新世界的大门，透着杏树树叶的罅隙看出去，外面仍旧是猛烈的阳光，里面却被树叶很好地遮挡。

本来只是想到上面一探究竟，这下我压根不想下来了，我将后背轻轻倚靠在枝干上，而手指摩挲着树干上粗糙的纹路，就这么看着眼前的一片叶子发呆，四周有若有如无的虫鸣声，闷热、宁静、偶尔风吹过的凉爽交织在一起，那种熟悉的感觉，让我的思绪一下子就回到了十几年前的暑假。

小的时候最喜欢过的就是暑假了，这不仅是一年当中最长的一个假期，更是最悠闲最快乐的一个假期。

那个时候我会把屋后的窗和屋前的门全都打开，让客厅里拥有穿堂风，然后在客厅里铺好褥子和凉席，就这么整个人躺上去。没有手机玩，也没有想看的电视剧，就看着天花板上"吱呀吱呀"转动的电风扇发呆。

我有时嗑点瓜子，有时啃几口西瓜，或者从冰箱里找出三色雪糕来吃。雪糕要用小木棍挖着吃，速度只要稍微一慢，它就会化掉，然后再一点一点地把仅有的汤汁也挖干净。没有烦恼，不知道未来在何方，只是单纯地觉得当下很幸福。

等三四点钟，天气稍微凉快点了，再把暑假作业拿出来写，也不会一口气写完，而是根据计划每天都写一点，完成目标后，便找出课外书来看。我还会佩戴一个随身听，耳机里放着的是自己喜欢的歌，那个时候最喜欢胡彦斌的《红颜》，每次听到开头两句，都险些落泪。

晚上再同父母一起出门散步，离我们家大概步行五分钟的地方就是北海公园。很多人到公园里散步，顺便再从公园的树上抓点知了猴，对于知了猴我一直处于某种纠结的情绪中，一边害怕它，一边又想找到它，毕竟它更像是一份战利品。

到家后，把知了猴从瓶子里放出来，看着它们在客厅的地上爬行，它们的行动极其缓慢，爬行过后，身后还带着褐色的土，就好像是一片沧桑的叶子。

当晚，在它们还没有变成知了之前，母亲就会把它们洗干净油炸，但我是拒绝吃它们的，看着父亲和母亲一边吃，一边向我描述："好香啊。"

时间就这么慢悠悠地消磨着，每天都是重复的，身边都是很熟悉的亲人，周遭都会拥有一种毫无理由的幸福感。

在那样明亮的阳光下，心底那样的快乐，最为深刻。

29℃的夏

暖阳碎了一杯的冰

开了许多年的咖啡馆，仍然不太接受得了咖啡的苦味，比起美式可能手冲咖啡更适合我。手冲咖啡的味道相对淡一些，口感偏果酸和花香味的尤爱。当然我喝的最多的还是拿铁，当咖啡的苦融合牛奶的甜，才是我记忆里最喜欢的属于咖啡的香味。

而我最喜欢做的咖啡也是拿铁，尤其是冰拿铁。

很喜欢在下午的时候铲冰块，取一些冰块放在玻璃杯中，此时阳光从窗户透进来，照在玻璃杯上，杯中的冰块便会折射出很好看的光影，那种感觉就好像把阳光悉数收进杯子里。

刚开咖啡馆的时候，我们收集了很多玻璃杯，有一些是赵印从各个城市人肉背回来的，还有的是不同城市的朋友送的，但因为做咖啡的比例要求，一些奇奇怪怪的杯子容量不合适，所以就很少用它们来装咖啡，但又不舍得不用，最后只得用它们来装水。有一阵，会有很多客人夸赞我们盛水的杯子很好看。

后来店开久了，我们反而很少买这些华而不实的杯子了。

我最爱的一款玻璃杯就是直上直下的，只有杯口处有一圈好看的小花纹，在杯子里盛满冰，倒好牛奶，然后再加上萃好的咖啡液，我喜欢将咖啡液倒在冰上，这样便会出现很好看的分层，褐色的咖啡浓缩液会静静地悬浮在最上层，然后它才会以极其缓慢的速度渗下去。

有时候为了让客人体会这种分层的感觉，我会把咖啡液和牛奶单独上，然后让客人自己亲手体验不同液体的融合，感觉这也是一个非常治愈的过程。

即便我做了无数杯咖啡，还是会在每次倒咖啡液的时候认真观看，让缓慢流淌融合的咖啡治愈自己。

有几个外卖小哥很喜欢来我们店内取餐，他说去别的餐饮店除了饭菜香味还有厚重的烟味，但是咖啡馆不一样，一进门就是咖啡豆的香气，也只有咖啡豆的香气。

是的，每种豆子都会有自己独特的香气，尤其是磨豆机磨完之后，整个屋子里都会飘着咖啡香。有一阵我在布袋里装入过期的咖啡豆做成咖啡香囊送给顾客，包括经常见面的外卖小哥，咖

29℃的夏

啡的香气会透过布料的缝隙飘出来。

隔了几个月我问他们，还有没有香气，他们都觉得惊讶："还有！"

我也觉得很神奇，咖啡豆真是个好东西。

也有很多客人在喝完咖啡后，找我们收集咖啡渣，说回去做香皂、做肥料等。每次来要咖啡渣的客人都不是同一个人。有一天我心血来潮去网上搜索咖啡渣的用途，竟搜出了十多种。

每次我把沉甸甸的咖啡渣递到客人的手上时都不免感慨一番，咖啡豆的一生真的是奉献了所有。

后来我也会把咖啡渣用在院子里的土壤中，不知道用过咖啡渣长出的玫瑰花会不会带有咖啡的香味。但花还没开好，咖啡渣倒是被翻了好几次，院里的流浪猫好像很喜欢咖啡渣，它们每次都去咖啡渣那个地方解决生理需求，挖个坑，解决完再用小爪子埋好。

每年的夏季，也是我们咖啡馆旁边流浪猫最多的时候。

春季怀孕的那批猫咪，夏季会带新的幼崽出来觅食。在店里准备的猫粮不多，但我们却可以做到每天不厌其烦地为它们添置干净的水，据说流浪猫咪在野外喝到干净水源的机会少之又少。

有一年，我们也曾短暂地收养过一只小黑猫，它丝毫不怕人，总是在你腿边蹭来蹭去。我们允许它到室内的沙发上躺下，并在努力为它找领养人，但它的领养之路始终不顺利，先是带它去宠物医院洗澡的时候对工作人员大打出手，后是在咖啡馆里挠伤了客人，闹了许多不愉快。

我知它是在野外受过许多伤害，让它内心始终怀有惊惧，它身上还暂存的野性只是为了保护它自己。

再后来，它在一次打架中伤了一只眼睛，连我也不能与它靠近，我们便准备一些食物，放在它可能出现的地方，但不知它是否真的吃到了。在一个漫长的冬天过后，我再也没有见过它。

从那之后，我们开始和成年的流浪猫保持一定的距离，再也不企图驯化其中的某一只，不过看见刚出生的小奶猫，仍旧会积极地为它们找领养人。

世间万物都在严格恪守着某种秩序，绝不擅自改变，也绝不打破某种平衡。

有时，我会看着咖啡馆里小黑的照片暗自晃神，仿若又看到了它肆无忌惮趴在吧台上的样子，但眨一眨眼睛，一切又都消失不见。

点开咖啡馆的群，看见顾客在群里分享自己抓拍到的照片，咖啡馆门外那朵小小的白色木香花上趴着一只黑色的蝴蝶，蝴蝶身上的绒毛仿若珍贵的黑色绸缎，我心里一惊，不知道是不是小黑回来了。

等我出门，那朵有着好闻香气的木香花上早已空空如也，而一旁的顾客正开心欣赏着自己刚刚抓拍到的温馨一幕。

红了樱桃

立夏前后，山里的樱桃刚好成熟，崂山上的樱桃被人称之为野樱桃，偶尔碰到几棵树，它们结出的果子是很酸涩，不被客人们所喜爱。

一年又一年，村民们得出经验后，便很少采摘那些酸涩的果子，如果遇不到喜欢吃酸的客人，那些果子就直接烂在泥土里。

一个偶然的机会，我以极低的价格，采摘了满满几箱的酸樱桃。我学着视频里的步骤，把它们悉数冷冻起来，足够可以吃整整一年。

因着这些酸樱桃，我们还特意调制了一款樱桃味的美式特调咖啡，气泡感、咖啡加上酸酸的樱桃，口感别提多么清爽了，而我采摘回来的那些酸樱桃不仅可以作为冰块降温，同时也成了很好的装饰品。于是就这样，夏天还没过完，我存好的那些樱桃便被一扫而空了。

他们说我做的酸樱桃特调跟烧烤很配，于是在夏日的许多夜晚，我们都是喝这些酸樱桃饮品解腻，不同于酒的微醺，它越喝越觉得头脑清明，誓与整个黑夜干杯。

得知了这个方法后，后来我又冷冻了小院的杏子和无花果，调制了专属于它们的特调。

制作、分享、售卖的过程需要我全身心地投入，那是很繁琐的过程，但看到朋友和顾客品尝完自己制作的饮品，脸上不由得泛起那些满足的笑容，脑袋在微风中轻轻摇晃，嘴里连连惊叹的样子，真的是让人非常有成就感了。

朋友开的甜品店院子里也有一颗樱桃树，我们的樱桃用来做咖啡，而她的樱桃用来做甜点。在我没有控制甜食之前，总是动不动就去"蹭"一块小蛋糕，后来决心戒一点糖之后，便只能刷着他们的朋友圈流口水。

尤其是那些写稿到深夜的日子，腰酸背痛的时候，特别想吃一口甜食来抚慰自己，但最终还是选择了一杯白开水来压一压我肚子里的"馋虫。"

朋友阿清来家里住过几日，几天下来，她总结道："你真的是理智、自律到可怕！"

她感到十分不可思议地问我："你真的不想吃吗，不想玩吗，不想拥有吗？"

"偶尔也是想的。"

"那为什么要这么克制自己？"

"因为想要得到更多。可能从小就不是及时行乐的性格，可能从小就习惯了厚积薄发。"咖啡馆经常会组织各种烤肉、篝火等好玩的活动，有时大家还会一起打牌、做游戏，但我总觉得是在浪费时间，所以鲜少参加。

看到他们发的朋友圈，看到他们脸上洋溢的笑容，我心里也是羡慕的，但下一秒我便投入到了赶稿子、写脚本的进程中。

在没有完成某一件事情之前，我鲜少允许自己放松，因为心里有事情，总觉得会玩得不尽兴。所以在很小的时候，老师对别人的要求都是要好好努力，但是对我的要求是要学会放松，不要紧绷着那根弦。

而我毕业后这么多年的功课，也是让自己学会放松，所以才有了在山上发呆的那些日复一日，换作以前的我，发呆这种事，纯纯的浪费时间，坚决不允许出现在我的生命里。

但我现在知道了，人生最该松弛有度。发呆可以很好地融入一整个天地，拥有自我；而专注做事，却可以短暂的忘记这整个世界，忘记自己。

"真的，你成功，我不嫉妒你，都是你应得的！我再也不想来住了，显得我太不努力了！"阿清一边碎碎念，一边拉着行李箱离开了，我看着她可爱的背影，由衷地发笑，希望她可以永远无忧无虑，可以好运相连。

这世间很多事情并不是努力就可以得到的，那个从前总是在宣扬励志、自律的我，经过了许多年的过活，看到了许多生动的例子，有人的运气就是会好到你不得不服，有人就是含着金汤匙出生，那是你无论努力再多，都望尘莫及的。

那还要努力吗？

当然要啊，只不过要放平自己的心态，即便努力了，也要抱着可能仍旧会一无所有的决心，不嫉妒他人，做好自己该做的就好。

新一年的夏天，我们的樱桃特调改成了一款含酒精的咖啡，喝一口仿佛跌进了一个时醒时醉的梦里，像极了人生，该清醒的时候清醒，该糊涂的时候难得糊涂。

欲买桂花同载酒

清晨做了一个长长的梦，醒来给自己泡了一杯绿茶喝，从窗户透进来的夏日阳光，明媚、夺目、有活力，我坐在窗边回复消息。身边不乏晚睡的好友，他们活跃在后半夜。

看到好友北北凌晨两点发来邀约的消息，邀请我去她家里玩。这是从她去年刚装饰新房子时，我们就说好的事。直到夏末的今天，我终于在聊天框里回复了一个"好"。

知道她不会起得太早，于是午饭后我才出发，路上买了几只新鲜的脆桃子带着。我电话拨过去，北北反应迟缓，果真起床没多久。

新房子二百多平方米，足够大，于是北北经常邀约朋友来家里玩耍、居住。她向我解释道，前日约了几个好友，说话至天明，于是接近两天了，感觉还没有歇息过来。

她的身边皆为自由职业者，追求的某种灵感极为重要，所以作息并不算规律。

她的小区皆是一梯一户，推开门后，整个房子布局规整，视野辽阔。北北和她男友一直都是很会生活的人，他们擅于布置和归纳。房子虽大，每个角落却都拥有着独特的功能，有手办墙、咖啡角、绿植角、工作角、运动角……好像足不出户，就可以达成自己的所有需求。

我惊羡于这个大房子，因为并不处于市中心，所以房租相对便宜。北北带我参观房子的间隙，影子也来了，她是我和北北共同的好友，同住在这个小区，不同楼。

北北在厨房给我们切水果，我径自打开冰箱挑选饮料。她家里有两个很大的冰箱，其中单开门冰箱里盛满了饮料，双开门冰箱里盛满了蔬菜和肉类，开门的刹那，是橙黄的灯光，食物上泛着隐隐光泽，每天挑选自己喜欢的食物，也是很治愈的过程。

因为这边点外卖不方便，所以他们都是定期去超市采购，从前不喜欢做饭，如今却也只得自己烹饪食物。

在厨房的一角，是一箱被压成饼的易拉罐，北北说，这是认识男友后才有的好习惯，每一只易拉罐都会像这样细心存留，每一个纸壳也都会拆解积攒，有时会送给收纸壳的老爷爷或老奶奶，有时也会开车去很远的地方卖掉。

当世间万物处于某种循环里，内心会觉得安稳和平衡。

各式各样的水果被北北切成了小方块，放进了一只骨瓷盘中，顶上还插了三支心形的签子，我们一起坐在那张长长的办公桌上聊一些闲话。

刚认识北北的时候，她和影子已经是小有名气的家居博主，有着多年的自媒体运营经验，而我那会儿刚租了一个房子，也想要尝试着做家居博主。她毫不吝啬地向我分享经验，邀请我去她家里做客，还给我画设计图，教我如何布局拍照会好看。

后来我没能成为家居博主，而是阴差阳错地火了我"小说作者"这个人设，因为经常会拍摄小说作者的生活，所以不乏各种各样的广告商来合作。

作为最开始的"师傅"，北北对我真诚夸赞："刚认识你的时候，还没有很多粉丝，如今也算是小有名气，你真的是做得很好，而且你是属于那种只要想做的事，就会用心、认真去做的人。"

我们都好像是那只在地底下蛰伏的金蝉，最终找到了一心一意的路。

聊天疲倦了，影子倚在沙发上小憩。而我和北北仍旧坐在长桌前，各自回复着客户的消息。

偌大的房子里，每个人都在忙着自己的事，小猫妮妮因年幼而有些淘气，在地上玩弄一只易拉罐，声音断断续续，但我们并未觉得吵闹和刺耳。

我们工作结束，影子提议一起到楼下晒太阳，她搬到这边来后迷上了健身和养生，尤其喜欢在夏日晒背。四点钟的阳光暖烘烘的，我们换上露背装，坐在日光里，露出光洁的背部，北北漫不经心地讲话："不负夏光的好办法是和朋友一起晒太阳。"

而夏天，即将结束。

我闭上眼睛，慵懒地享受最后的，如此夺目耀眼的日光。

北北向我陈述，去年他们刚搬来的时候，整个楼道里仅仅居住了两户，今年增至九户。因为相对偏远，所以拥有了令人向往的平静。

一切都好似悄无声息的，没有车鸣、没有吵闹声、没有叫卖声，只有天空变化莫测的云朵，从左侧飘到右侧，然后看月光与日光往来更替。

在这样一片旷野中，我看到了生活的另一种活法，好像真的应了诗中所写：结庐在人境，而无车马喧。

在这里没有人海起伏，但是有自己独立的交友小圈子。

晒完背后，我们一齐上楼换衣服，感觉身体里的骨头都变得暖烘烘的，整个身体都极为舒适。

这时，有快递来敲门。快递是一只长长的盒子，北北想了半天也没有想起买的是什么东西，直到拆开才发现是男友送给她的桂花树，纸条留言说：一起庆祝秋日的到来。

我抬头看一眼门框，上面还挂着端午时的艾草，即便已经枯萎，却也是曾经认真生活的证明。某种浪漫，就是这样存在于每个日期的细节里，而生活，应当被认真对待。

桂花树还没有开花，需要用心呵护长大，而花开那日，也许恰巧是秋日来临之时吧。

"等花开了，再来找我玩呀。"

"好。"

是为夏末。

25 ℃ 的

秋

天空很高，有大朵大朵的云彩。

秋日寸土

一个月前我做过一个梦，梦见一幢古朴而又静谧的别墅，我在别墅卧室的床上醒来，白色窗帘被风吹起，窗外是绿色的连廊。我赤脚下床，地板不算新，上面有划痕，墙壁斑驳，一抬头，看见院落里的高大松树，孤傲而立，不落情缘。

梦很短，似乎只是刹那我便醒了，可日后却越发对这个梦记忆犹新起来。我笑着跟朋友分享："我以后要住大别墅。"

朋友很惊讶，说我不像是追求奢华生活的人。我不知道做何解释，唯一确定的是，那个梦境日日抚平我的心。

那幢别墅所代表的更像是一种平静与自由，是有情的夏日阴凉笼罩，轻盈得仿佛丝绸拂过，连空气都分外柔软；是麻质的床单，躺在上面像在柔顺的羽毛上醒来；是不刺眼的日光，恰到好处的温柔，将周身包裹。

我从未想过，一个梦境会有这么大的魔力，这些触觉都深深地栖息在我的脑海里，组成一座轻盈的白色建筑，在我每一个焦虑、忧愁、迷茫的时刻，我都会想起我梦中的白房子，给自己憧憬与向往，赋予自己平静的力量。

我开始变得很认真地生活，认真地记录每一天需要做的琐碎小事，并且一件一件地打上对勾；我开始记录路边每一朵不知名野花的名字，记录它们盛开又凋落的时间；我认真地吃早餐，看西柚在榨汁机里变成更为鲜艳的红色。我换上了与梦中有着同样肌理纹路的床单，第一次使用熏香，让空气里有了更丰富的层次。

拒绝用手机看无聊八卦，拒绝无用社交，拒绝那些毫无记忆点的无聊事情，把更多的时间留给自己，留给自己心爱的人和物。

我越来越相信，一个人打定主意好好生活，那他一定能够经营好自己的生活，而为着某一个目标不断地努力，更是一件幸运与幸福的事。

在整个燥热的夏天，我最开心的事就是汗涔涔地坐在写字桌前读书，在每个想出远门却不能出远门的时刻渐渐明白，真正的自由，是内心的自由。从清晨到日暮，懒得下去开灯，于是在灰暗的日光里找寻文字的模样。在独处的时间里，在足够专注的时刻中，赋形自己的内心世界，与自己对话，重新获得力量。

愿我们自身有光芒，照见世界尘埃。

天亮时与你拥抱

几年前的晚上躺在宿舍的床上听孙燕姿的《遇见》：我遇见谁，会有怎样的对白，我等的人，他在多远的未来。

听着听着就流下泪来，这首歌真的是单身人士的催泪神曲。

那些不确定的未来，总让人有种无法言说的悲伤。

年轻的时候我是实打实的悲观主义者，我告诉自己天下没有不散的筵席，我觉得活着相爱，只是为了印证分离。

那些廉价而徒劳的爱情，并非我们能够掌握。我把我的期盼和渴望都写在了笔下的故事里，把自己的小心和不安都给了现实生活。

直到，我遇到了秦涅，因缘巧合之下他成为我的室友。

25℃的秋

那一天他拎着一只银色大箱子站在门口同我打招呼："你好，我是秦涅。"

他的声音清冽，略微低沉，脸型瘦削，戴了一副银色的眼镜，仔细看看其实没有镜片，是副装饰镜。他高瘦，身材修长，穿了一件灰色的卫衣，黑色长裤，白鞋旁边立着一个很大的银色行李箱，好像整个楼道都因他亮堂了起来。

我侧一侧身子让他进来，他走在我的前面打量着房子，而后又突然停下问我："你睡哪一间？"

两个房间都是朝南向，一个房间有很大的阳台，阳台被布置得很文艺，而另一个房间有干净明朗的落地窗，颇有都市现代风格。

"我都喜欢，可以都要吗？"

他回答得迅速："那你一三五睡这边，二四六睡那边。"

我沉默几秒，然后终下决定："我要这个带阳台的吧！"

秦涅点点头，然后把行李推到了另一个房间，我仍旧默默地跟在他的身后，他突然停下转身，我抬眼，倏地撞上了他的眼睛，我局促地躲开，他却笑得一脸不以为意。

他的眼睛深邃一如大海，大概从那一刻开始我便陷进去再未能出来。

当天晚上我们一同出去吃饭，庆祝合租生活正式开始，自始至终我跟他聊得都挺投缘的，吃完饭回家的时候夜色正浓，我们走在怀远路上，说了些天南地北的见闻，他偶尔应答，我却嘻嘻哈哈地笑着。

"你怎么跟个傻子似的。"他不留情面地评价我。

我倒也不甘示弱："你才是傻子呢！"

那晚月光明朗，我和他并肩走在狭窄的马路上，生命中并不因为遇见这个人而显得拥挤，反而觉得丰盈充实了起来。

回到家之后，我拿着各种水电费单据盘腿坐在床上，跟电话那头的房东对数据，可是怎么也没弄明白，于是大声把秦涅喊来。

他自来熟地趴到我的床上，我弓着腰把脑袋凑过去，两个人就一起研究着水电的缴费情况，谁都没有觉得狭小的房间里有丝毫的尴尬，那样的熟悉和舒服，就像我们已经认识了很久很久。

一直孤独安静的生活突然多了一个人，一切都变得不一样起来，饭点有人问候，下雨有人送伞，夜里失眠有人陪自己喝酒。

我是一点点喜欢上他的，不断克制不断深陷，我每天都会写日记记录日常，告诫自己他并非是自己良人，可大约也是用了一年的时间知晓，爱一个人是没有道理的。

我也曾经质问过他，为什么自己会遇见他，从此不再像独身一人那般轻松自在，变得有了牵挂和想念。他告诉我，世间一切都是祸福相依。

爱情这种事就是享有极致的快乐和极致的痛苦的。

我最终选择争取，表明心意，笃定对方对我不是一点情意也没有的，于是后来的故事也算是顺理成章。

可所有的爱情都会回归平淡生活，我同他之间的日常也不过是一些琐碎又琐碎的事，爱情之所以很美，无非是在平淡岁月里开出花来。

我们一起去吃下午茶，他拿着勺子在我面前一点点吃冰沙，昏黄的灯光映照在他整张脸上，银色的镜框反着光，他突然抬头与我对视，看眼前的这个人这么久了，竟还会心动。

一起去农贸市场买菜，把重的都丢给他拎，他走在我前面，我在后面偷偷拍照。忍不住发了条朋友圈："会做饭的男人最迷人。"

一起放风筝，我大声欢呼："高点，再高点，我们最高好不好？"我从来不是什么喜欢争个第一第二的人，可是那一刻只想让天空留下属于我们的荣光。

一起做饭，他用勺子舀了汤拿到我嘴边，我眸子晶亮道："好喝！再给我夹块肉！"

一起去山里采摘杏子，回程的时候拎了一大袋，袋子太沉谁都不愿意拎，于是我们剪刀石头布决定胜负，竟不知疲倦地玩了一路，越长大却越像小孩子。

　　一起看春日里有花盛开，微风一过，落出一地雪，不知不觉地又一年了。

　　这些平常而又不同的时刻里，我默默守护着他看不到的执着和深情，我们每天拌嘴、吵闹，而后温馨。

　　转眼间，和他在一起已经六年，我们拥有着双方父母和朋友的祝福。我们是爱人、是朋友，我渐渐熟悉他的每一个小习惯，却又在阳光照上他的眉梢时，有一瞬间的恍惚，一如初见。

　　大家常说在爱情这场盛事中永远都是冷暖自知，如果你爱他是值得的，那请忽略所有的委屈和不甘，不仅要全力以赴地去爱，也要能够接受无法如愿的遗憾。

　　爱情能够给我们的不止快乐，还有憔悴。"卡西莫多失去了心爱的姑娘，终究也失去了他心爱的钟楼"。世间一切，无一常驻，倘若真爱一个人，时间便开始了倒数，哪怕是时时刻刻待在一起都是不觉够的，那些共同相守的时光已然是上天眷顾。

　　真的爱上一个人同样不会后悔，哪怕日后分开，也能说一句："爱他，是我生命里做过的最好的事。"

秦涅喜欢喝茶，他常常坐在沙发上泡一壶茶来喝，而我喜欢读书，常常倚在沙发上捧一本书来看，茶几上热气渐渐腾起来，红茶的香味溢出，温润通则，山雨欲来，家却永远都是心安之处。

后来读到一句形容爱情的句子很喜欢，与你们分享：是爱他如初吗，不，是与日俱增。

落叶松果

开店之前对季节的变迁没有太大的感觉，而开店之后，院子里的瓜果会一遍遍提醒我当下的季节。

山里的季节感同城市相比会更加明显。你会第一时间感知到门口的那棵树冒了新芽，会发现脚下的茶园更有生机了一点，会感受到泥土中的暖意。

秋天的时候，我很喜欢躲在山里看云，天空很高很蓝，云朵很壮观，有风吹来的时候，它们会很迅速地变换形状，然后飘到更远的地方。

秋天和春天都是我很喜欢的季节，但喜欢的心境却截然不同：春天会有一种长久的关乎时间变迁的喜悦感，而秋天是一天天变冷，看树叶失去养分慢慢凋零，心里会生出一种沉重感。

25℃的秋

就在没有预料的秋日的某一天，柿子突然熟了。院子里的柿子树不大，但枝丫上的果子满满当当，有几根树枝还被压弯了。我和赵印灵光一现，准备策划一个让客人摘柿子的活动，我俩立马敲定方案，并在各平台发布了活动预告。为了特定的季节我们特意推出了一款柿子味的咖啡，起名为"柿柿如意"，是采用新鲜柿子做的。

吃不完的柿子我们拿到小院的露台上晒成柿饼，大家第一次弄，也不知道会不会成功。但我很喜欢和植物打交道，所以浑身上下都有一种秋日丰收的干劲。

在柿子表面涂上酒或者把它跟苹果放在一起，这样柿子就不会发涩，会更甜更好吃，这些生活常识，都是开店之后学到的。

就这么忙了小一个月后，吃柿子的时节就结束了。

小院的树木开始疯狂地落叶，一天至少扫三遍。有一瞬间感觉到秋天是四季里面最忙的季节。

由于那段时间太累，我爱上了夜晚睡觉的时光，提前晒好的被褥松松软软，满是阳光的味道，我把整个身体都钻进被子里，就像条毛毛虫，又仿若身处柔软的云层里，云层里的冰晶和水滴慢慢抚平我身上劳累的褶皱。

那种身体上的劳累经过休息后，会是长久的满足，但有时大脑的劳累却不能通过睡眠来解决。我曾听我一个当高管的朋友跟我说，他连睡觉都是紧绷着的，生怕某个项目没有处理好，会给公司造成损失。

而他担心的事情终于发生了，在经济不景气的时段里，公司宣布倒闭，他竭尽全力也还是输了，但他却有了十年来最好的睡眠。因为已经出现了最坏的结果，他也不必再担心了。

他是我认识的众多朋友里既优秀又自律的人，但他也是最不松弛的一个人，他对自己要求太高，所以总是把自己绷得太紧，直到他真正地回归生活，才发现其实他拥有的已经很多很多了。

我问他今后有什么打算，他说："没有，我先帮你把院子里的落叶扫完吧。"

他说完我们都沉默了一会儿，天空被秋日大风吹得格外澄明，有一些不名形状的云朵从我们头顶越了过去。

我们常常夸赞一个人有远大的理想，有宏伟的目标，但关注当下，又何尝不是另一种值得称赞的活法。

朋友走的时候，找我要了一只玻璃罐子，我问他做什么，没想到他只是随手装了几片落叶和松果，我对他的举动感到诧异，他静静地跟我解释说，他想随身带着青岛的秋日，想永远记住扫落叶的这个下午，在35岁的尾巴上，真正地重新开始生活。

"我过几天要去珠海了，去见见我前妻和儿子，就算不能复

25℃的秋

合，也想跟他们亲口说声抱歉，这些年我忙于工作，对他们的亏欠实在是太多了。"

年轻的时候，我总以为自己可以去任何远方，却不料一日又一日地处于困顿之地，许多人和我一样被裹挟在一个小小的容器里，只有拼命向前才能攫取一点点空气。我们总在争着向前，却从没想过离开这个容器后会有更广阔的天地。直到时光悉数流逝，我们才突然意识到，真正的自由是内心的自由。

他望着那只玻璃罐子，突然就落下泪来，旁若无人。

故乡的窗

记忆里总存活着那样一个片段，那透着破旧窗子投来的阳光，让我看得清狭小黑暗的屋子里尘埃飞舞，我能嗅得到空气里弥漫着发霉的味道，还有潮湿阴暗的小路布满绿色的青苔。路口一颗小槐树茁壮地成长，一头老黄牛在矮矮的山坡上安然吃草，门前小河里有只小船缓缓归矣。

我已经很久没有回去过了，村子里的人都以踏出村子为荣。我也以为自己走了这么远，就不会再想起那个小小的村子，那个小到只有几排房屋的村子，不会想起下过雨几乎不能走人的泥泞小路，更不会想起年过好几旬的伛偻老人在期盼儿女的归来。

可是，不知道为什么，故乡总用它自己的方式提醒着我，那是我生生世世都不能忘记的地方。

其实，我对故乡的记忆也不过是小时候回故乡过年的短短几天。爷爷的病好之后，回老家住过一段时日，也是那个时候开始，故乡留在了我的记忆里。对于爷爷，我并不常想他，他对我从未尽过一个爷爷的责任，所以我虽有"爷爷"，却从未真正拥有过爷爷。

在不懂事的时候我还讨厌过他，讨厌因为他的懒惰，让父亲过早地担负起几近一个家的责任，在本该上学的年纪荒废了那么多的学业。讨厌爷爷一点都不体谅我的父母，我出生后的三年间大概是我家最困难的时候，爷爷生病，父亲工作繁忙，母亲一边照顾刚出生的我，一边还得照顾爷爷。后来我也是听旁人提起，爷爷明明可以自己做很多事情，可是总爱支使母亲。上有老，下有小，在父母身上多么淋漓极致地上演。待我长大之后，母亲对我提起了一句话：幸好你那个时候听话。

现在的我真的记不起爷爷是哪一年去世了，我只记得父亲通宵达旦地为他做牌位。他把木头削得光滑，第一遍字写得不好，又重新涂了颜料，如此反复……我默默地站在父亲身后，并未阻止他的一丝不苟，我想父亲大概是通过这样的方式抒发他对父亲的敬重、爱和思念吧。

时间篡改了记忆，爷爷的模样渐渐在我脑海模糊甚至淡漠，好像他只存在于我幼年的一场梦里。

好在我对故乡的记忆从未缺失，我仍能记起故乡的老房子。听大人说这幢房子在一百年前是村里最好的，可是一百年后家家都翻新，我们家的房子就成了最破旧的。大概也没什么关系，反正往后也不会有什么人住了。

印象里还有老屋的窗，老屋的窗小小的，由四个小格格组成，以至于整个屋子的光线很暗很暗。我看不见窗外的景象，窗外也看不见屋里的样子。我去过很多有落地窗的大房子，站在明净到几近透明的落地窗前，看窗外的一切，华灯初上，车水马龙，所有的车都是在红灯来了停止，绿灯来了离去，如此反复。耀眼的车灯明明灭灭，给人一种时间停止的假象。还有海边的落地窗，游客来来去去，浪花涨涨落落，只有一块礁石被赋予了意义，它永远在那里，告诉你生命最初的来去。

我曾站在八十楼的窗前感受过高处不胜寒的孤独；曾在轮船的小窗前享受漂泊的快感；曾在飞机的窗边，看一朵一朵的云和大片的田野和大海；也曾在半山腰的别墅窗前细数对面苍劲的树木……可是它们从未给我停留的感觉，或者说它们从未为我停留过。只有故乡的窗，给了我静止的感觉，哪怕窗外缠绕的是已经枯萎的藤蔓，还有墙角歪歪扭扭的砖瓦。可是它让我仰望，它仿若礁石般，告诉我，它永远在这里，永远会让我停泊，等我归来。

25℃的秋

我不知道这算不算是一种故乡情结，当然这都不重要。我只知道我有故乡让我觉得安心，让我觉得自己有迹可循，有情可念，就好了。只是我从不曾想过，有一个地方，幼年一见，心系数十年。

这些年，也有人想要去买下那幢房子重新翻新，但都被我们义正言辞地拒绝了。故乡的意义，是我们无论到达几个国度，去过多少个美丽的地方，停留了多少时日，依旧会归来的地方，落叶归根。

唯有故乡，会把我们的生命勾勒得真实而深刻。

父母爱情

1

算起来已经有半年没有回过家，趁着十月一日放假，父母来青岛看我，后备箱满满的全是他们从家里带来的东西。

于是我简单地翻了翻，发现有一箱生鸡蛋、一袋子熟鸡蛋、一箱苹果、一箱大饼、两桶油、月饼、香肠、饼干、大枣……

我哭笑不得地叫了一声："妈。"突然很想掏出手机发个微博，从带的东西多少来看，这指定是亲爸妈了。

"天渐渐不热了，放的住，这个啊你早晨吃，这个你晚上当宵夜吃，别饿着对胃不好……"母亲一边絮絮叨叨地跟我讲，一边拎着东西跟我进楼。

跟在我们身后的父亲，看到我穿着拖鞋下楼来，开口叮嘱我："天冷了，不要光着脚出门，寒气都是从脚进来的。"

在外时间久了，好像很少听到父母的唠叨，久违的叮咛，让我心里一暖，我拖着长长的音回答道："知道啦。"

在家歇息了一会儿，我准备带着父母到青岛景区逛逛，没想到我到达的不是景区，而是大型恩爱秀现场。

· · ·

2

我们第一站到达的是天后宫，一个很古典的四合院，在里院有两棵古树可以祈福，上面挂了满满当当的红牌牌。天后宫不收门票，但是祈福的牌子很贵，99元一个，爸妈到售卖处买了一个牌子。

不一会儿父母出来，我凑过脑袋去看他们手上拿的牌子，只见那个幸福美满的牌子上仅写了他们两个人的名字。

我眉头一蹙，眼睛一瞪："我呢?"

母亲捶打了父亲一下："你看，把琦琦给忘了!"

父亲的神情也相当懊恼："哎呀，忘写上你了，我们再进去添上啊!"父亲的字很漂亮，他和母亲的名字上下并排来写，末尾处还画了个心，那个心一看就是母亲的杰作，因为她一直喜欢在心上画笑脸。

我瞄了一眼，哪里还有空余的地方写我的名字，我左手扶着额头，右手冲他们摆了摆手："算了算了，我自己去求个。"

母亲嘻嘻一笑："也行。"仿佛刚刚的懊恼都是伪装的！

就这样，我在售卖处求了一个事业有成的牌子，气呼呼地把我三个合伙人的名字都写上了，好像以此证明，三个人名也是完全可以写下的。

. . .

3

十一假期，青岛的景区人挤人，本想带父母到青岛网红墙拍照，但是没想到那面墙的四周里三层外三层都是人，拍照都要排队。我拉着母亲的手准备走："人太多了，我们下次再来拍吧。"

那是青岛的一个十字路口，两面墙成九十度，一面墙上写着大学路，另一面墙上写着鱼山路，站在中间会把两条路都拍上。这么有意义的一个景点母亲一看就喜欢上了，说什么都不肯走。

"好不容易来了，拍一个吧。"

"不了吧。"我是一个极其讨厌拥挤的人，此情此景弄得我有些愠恼，当下只想逃离人群，没想到母亲挣脱了我的手，跟我说："你爸爸一直在等着我呢！"

我站在外围寻找母亲的身影，这时看见了人群中的父亲早已拿着手机做好了拍照的准备，因为排队的人太多，父亲一直高高地举着手机，生怕母亲过去的时候来不及拍她。

我的父亲性子清冷，比我还要讨厌拥挤，但是他却可以为了满足母亲的一个小愿望，甘愿在人群里被挤来挤去，而比起我来，他是更了解母亲的那个人。

终于轮到了母亲，我看到她站在网红墙那冲着父亲笑得一脸满足。人群中的父亲冲母亲比了个OK的手势示意拍好了。走出了人群的两人将脑袋凑在一起看刚刚拍的照片，母亲嗔怪地说："你怎么把我拍得这么胖！"

当时的树荫下，阳光从树叶的罅隙中透下来，照在他们的头发上，母亲的脸始终保持着望向手机屏幕的姿势，嘴角有一点不易察觉的微笑，而当她抬起头望向父亲的时候，侧脸刚好接住了一块最好看的光斑。我突然有一种错觉，他们不是我的父母，而是刚刚恋爱的情侣。

从前我觉得爱情一定是火热的，会伴随着许多爱恨交织的瞬间。后来我觉得，如果爱情能与亲情完美结合，就会成为另一种细水长流的存在，而那些深入骨髓的亲密会帮我们度过漫长的黑夜。

父母的爱，那么温润，就好像是照在大理石地板上那一团透明的白色光束，这种爱无声，却无处不在。

· · ·

4

父亲是一个内向的人，母亲跟我说，父亲跟她谈恋爱的时候都没有在大街上牵过她的手，更别提什么拥抱了，对父亲来说那都是不成体统的事。

但是这些年，母亲又是撒娇又是"呵斥"的，我那脸皮薄的父亲终于也肯在大街上和母亲做一些甜蜜的动作。

从网红墙走过来是大学路，金瓦红墙很适合拍照，走几步就有一对是拍婚纱照的。"我们拍个照吧！"走在路上的母亲突然说了一句。

"好啊。"我答应着。

没想到母亲有些尴尬地来了句："我在问你爸爸，你要是想跟我拍也行……"

机智如我赶紧改口道："我给你们拍！"

母亲向来浪漫，当父亲直直地站在那里的时候，母亲已经想出了好多动作，一会儿跟父亲摆心形，一会儿让父亲搂住她的腰做泰坦尼克号的动作，一会儿让父亲背着她……

而我的父亲竟然没有一点的不耐烦，全程无条件配合。

大学路上人来人往，大家怕影响我们拍照都绕道走，或者等着我们拍完再走，有的人路过我的身边，小声跟我说："你的父母感情真好。"

我一路目测过去，好像只有父母这一对年纪比较大的夫妻在拍照，似乎连动作都比那些年轻的有默契些。

· · ·

5

逛完大学路，我们准备到栈桥，父亲在前面走着，我揽着母亲走在后面。

青岛的路高低不平，走上坡的时候母亲跟我说："你不要把手搭在我身上，这样我会很累的。"

"是吗？"我将手从母亲的肩膀上拿下来，想改为牵她的手，没想到她已经快步走到父亲身边，挽上了父亲的胳膊，并且还回头冲我挑衅而又狡黠一笑。

那一瞬间，我竟觉得自己心都要化了，虽然母亲无情的抛弃了我，但面对这么可爱的母亲还是没有办法生气。

母亲都快要五十岁的人了，可是她被父亲宠得仍然像个小孩子，说话可以不经大脑，可以任性，可以很天真地跟父亲说："我不认路！"父亲拿着导航到她面前跟她讲解："你看我们不是走到这了嘛，一会儿我们去这。""你不用给我看，我不懂。"说这句话的时候母亲竟然特别理直气壮、心安理得，而我父亲真的就默默地收起了导航，转过头来冲着母亲一脸宠溺地笑。

我默默跟在两人的身后，母亲好像突然记起了我，回过头来问了我一句："我是不是挺笨的？连路都不认识。"

"你不是笨，你是被我爸宠坏了！"

· · ·

6

母亲性格外向，对人热情，喜欢开玩笑，但她偶尔也是个暴脾气。相反，父亲的脾气就很好，父亲稳重、温柔、不喜言笑，每每发生了争执，也都是他让着母亲。

在很多人看来，我们家都是母亲说了算的，但其实不然。母亲在家里不管任何的闲事。从我记事开始，家里的钱都是父亲在管，家里的大事也都是父亲拿主意，母亲不跟他争，于是也便少了很多矛盾。

相反，母亲用她的乐观，让我们家一直处在欢声笑语中。家，是我们一家三口都渴望回到的地方。

所以我一直觉得，虽然母亲表面上看起来什么都不懂，看起来傻傻的样子，但其实她是有大智慧的人，她知道什么时候该让，什么时候该放低身段，什么时候该付出，什么时候该享受父亲的宠爱。

母亲曾跟我说过，一段婚姻需要彼此奉献，互相扶持，可以小任性，但必须明大理。

我上大学之前，父亲工作忙，大多数时间都是母亲做饭、做大大小小的家务；上大学之后，父亲工作清闲，母亲干脆下班就往沙发上一躺，借机跟我开视频聊天，在视频里可以看到父亲里里外外忙活着。

是母亲为这个家一直的付出，才有了父亲三十年如一日的宠爱。当然最重要的，我想还是他们两个人性格相投，对了脾气。

想起母亲经常和我说的一句话：孩子，凭借生命最初的直觉勇敢地去爱吧，不要有后顾之忧。

日月同辉

　　某晚做噩梦时起身，恰好摸到了枕边那根带小草莓的头绳，那是用细线钩织的草莓，摸起来有点凹凸不平，是我一次参加市集时一个姐姐送给我的。我开了灯，把头绳拿在手里把玩，脑海里浮现出关乎市集的点点滴滴，全然盖过了噩梦的场景。

　　我穿上厚厚的外套走到院子里，山里的夜晚非常安静，只有落叶偶尔落下的声音，是一个生命陨落发出的细微声响。月亮就在我的头顶，它清冷的光辉均匀地铺在山峦上，秋日的天空比任何季节都澄澈，我从未觉得月亮如此明亮过。

　　我半点睡意也无，干脆用那根草莓头绳将头发揽起来，就这么坐在院子里郑重其事地赏起了月。秋天的夜里还是有点凉的，空气里有一点点雨水淋过木头的味道，冷冽清透。

想起白天的时候和赵印聊天，说新的一年要是有机会的话，我们可以去全国各地参加一下市集，做一个自由的咖啡摊主。

通常参加一个市集要提前一个月甚至更早的时间准备，要准备充足的物品以及可以激励大家购买的优惠活动。

在网上购物越来越发达的今天，我却爱上了市集这种当面交易的快乐。因为市集和网络销售平台不一样。在市集上，顾客可以和摊主面对面交流，了解这个产品的来历，生产过程等，人与产品的联系在不知不觉中变得更紧密。顾客买产品不仅因为它好看的外形，更因为它背后动人的故事，那些汇聚了时间流逝而产生的小小的物品，在某种意义上为买它的人留住了时间。

在市集上还会交到许多志同道合的朋友，每次去其他摊主的摊位面前，对方都会很热情地招待我。在那段特定的时间里，我对我面前的一切都充满了好奇，大家一起聊生活，聊理想，聊远方，这些好像都是青春独有的特质，但这群人把这些特质都保留了下来，于是在某种意义上来说，我们将永远年轻。

参加市集的人好像都会有一个共同的特点，他们都无比地热爱生活，把自己对生活的美好愿景都浓缩在一个个小小的产品上：有精致的小瓷器，每个瓷器上都画着精美的花；有用毛线织的小挂件，最受欢迎的是那款由柿子和花生构成的"好柿发生"，还有写满毛笔字的扇子，或小幅的画作……这些都是他们热爱生活的证据。

每次我站在市集的门口都会有一种别样的情绪，门的外面是高楼林立的现代社会，车流不息，而门的里面好像又回到了很原始的生活，这里面住着的都是手艺人。他们不关心金钱、地位，只关心自己的作品有没有被真正喜爱它的人买到。

我遇到过一位卖画的摊主，他是个残疾人，在一次车祸中丧失了左手和双腿，但他却跟我说，他觉得自己很幸运，老天爷把他的右手留下了，这是他后面可以赖以生存的、可以用来吃饭的"家伙"。于是他用剩下的那只右手画画，靠卖画养活他的妻女和父母。他那么乐观，活得那么开心，不需要任何人的怜悯。

后来我再也没有见过他，但我想起他的故事，脑海里呈现的每个镜头都是他专注画画的神情。那一刻我的脑海里仿若命运穿梭千年，我经历过的悲伤欢乐，我遇到过的山川星辰，我的灵魂，我的理想，通通消失不见。而人生好像没有什么是不可以得到宽宥的，没有什么困难是不可以越过的，人到最后都会死亡，但我们却执着地追求生，而我们经历的一切都会变成转瞬即逝的永恒。

想起画家王柳云被采访时说过的话："读点书、画点画养活自己的灵魂，精神世界的富足不是用钱可以衡量的，平凡的人就走在平凡的路上，我看见的我开心的就是我的，不是说我占有。"这漫长又短暂的一生里，总不会白活。

天空渐渐亮了，太阳出来时，月亮还没落下去，我见到过许多次日月同辉，但没有哪一次像这一次这般平静，我的心和灵魂早已沉浸在月光里，而这样的月光或许在今后会慰藉我的一生。在晨光熹微里，我闭上眼睛，当我再睁开眼时，落叶铺满院子，远方的山上被金色光芒笼罩，像是人间至美至纯的宝地。

那晚之后，我感冒了。

当我们拥有一些关于生命更深层次的感悟时，总是要伴随代价的。

有一个地方

    青岛海边有几条小路是非常安静的，因为不是什么旅游景点，所以不会有太多人去，我经常戴个耳机过去散步。我喜欢秋天去，入目之处是幽暗、朴素、冷色调的深棕色，落叶在自己的脚下发出"咯吱咯吱"的声响，呼吸到肺里的空气都是清冷的。

    无论是向前看还是向后看，整条路上都只有我一个人，半个车辆都没有。我缓慢地行走，心底里融升起一种空寂的感觉，好像天地之间只剩我一个人，我可以走去任何我想要去的地方，大海、树林和飞机划过的天空。

    空寂在某种程度上可以对应自由，像一只必须要飞翔的鸟，拥有无与伦比的起飞的姿态。

    耳机里的歌声越来越清晰，周遭的某种孤独感也越来越清晰，但那种孤独却并不会让人感到害怕。那一刻我没有情感，没有工作，没有我从前所拥有的一切，我有的，只是我的躯体，在无边无际的空旷里，我觉得很轻松。就这么走着走着，好像半生都走完了。

在那条小路的尽头，是一个朋友开的民宿，我们都喜欢叫她寂寂，偶尔有不相熟的人问是哪两个字，她也会耐着性子解释：寂静的寂。寂寂人像她名字一样奇怪，是个不怎么爱走寻常路的女孩子。大学那会儿的寒假只身一人到三亚去做民宿，在别人都举家欢乐庆祝春节的时候，她给我们发来她和住客在民宿烧烤的视频。视频里是来自全国各地的游客，大家都在高呼类似"人间值得"这种极其励志的话。

寂寂不是那种特别漂亮的女孩，但是眉眼却让人过目不忘，她的眼神里总是带点倔强，不认输，她笑起来会让人觉得有种不一样的风情，尤其是穿着花色吊带长裙，佩戴草编帽子的时候。

等假期过完了，她就把房子长租出去，第二年假期再过去经营。

就这样，她一没耽误学业，二又赚了人生第一桶金。大学毕业后，她来到青岛的海边开了民宿。

民宿大概有十间房间，每一间都被寂寂装修成了不同的风格。我最喜欢那间玫瑰花主题的房间，名叫"枯萎"，顾名思义，里面的装饰全都是枯萎的玫瑰花，整个房间颜色也是冷艳的红和绿，在视觉上形成了强烈的冲击感。

她说这一间很受女孩子的喜欢。当代社会的女性活得真的是越来越明白了，知道所有花朵都会凋零，所有生命都会逝去，所以她们热爱繁艳，同样也热爱凄凉。

后来因为疫情生意不好，她把房子转租给一个摄影机构，因为极具创意的装修，摄影机构租下直接就当作拍摄场景。之后寂寂做了自由家居设计师，又是一个不寻常的路。毕竟她没有受过传统的培训，也不会画房屋设计图，但因为审美独到，很会挑东西，顾客很认可她。她把一些作品发到小红书平台，没想到还爆单了。

有想法的人，好像永远都不会失业。

再后来，我便没有了她的消息，她的各个社交平台也不再更新，有人说她去国外念书了，有人说她去山里修行了，到底做什么，我们都无从得知。像她这类性格的女生，无论选什么样的生活，一定都是忠于她自己内心的。

爱自己，是她所坚守的，颠扑不破的真理。

再次路过她曾经开民宿的地方，我心里有一点怅惘。那家摄影机构也不开了，而是换成了一家美容院，外墙重新被刷新，枝蔓爬满围墙，窗边的白色窗帘被风吹得鼓动，我心里又突然浮现出那些枯萎的玫瑰，有一种不知今夕何夕的恍惚感。

回家后我找出当年她送我的香水，香水的名字叫梧桐之声，非常适合秋天用。时间都已经过去三年，但香水一点都没挥发，味道也没变，还是很好闻的类似檀木的烟熏感，再仔细闻闻，里面还有被雪水浸湿的木头的味道，一种带有清凉之意的香调，让人不自觉地想起深秋落叶。

我喷了一点香水到书籍上后，开始整理在路上拍的照片，然后写一些句子跟网友分享，我写道：我好爱空寂的孤独呀，走到千山万水里，走到更自由的天地里。

有些地方，我们一生会去无数次，百去不厌，海边的那几条小路于我而言就属于那样一个地方。

树木结痂的地方

傍晚看到朋友阿叶发了条朋友圈："我提着行李箱走在青岛傍晚的街道上，楼宇很漂亮，但没有我的容身之地。"配图是青岛比较知名的一个商场。我赶紧发信息问她怎么了。

在等她回复的间隙，我侧头看向窗外，树木被秋日的妖风刮得摇晃，但夕阳很好看，连带着西边的一小块天空都成了橘红色。但很快夕阳就落山了，整个窗外的饱和度变低，入目之处都变得灰蒙蒙的。

阿叶是我大学毕业前夕认识的姑娘，个子不高，属于甜美系的女生。当时她在某个公众号兼职做编辑找我约过稿，后来聊过几次发现她也在青岛，于是便约了见面。一聊才发现我们不仅一样大，而且还是校友。

临近毕业的时候，我们碰巧一天拍毕业照，我在广场上兴高采烈地喊她的名字："阿叶！"她捧着一束毕业季的花束转过头来，朝我粲然一笑。绿绿的草坪、高大的树木、树枝间露出的湛蓝的天空，非常美好的初夏，适合故事的开场。

　　毕业后她辞掉了那份兼职工作，入职了一家创业型公司，负责文案工作，后来又换过几份工作，上次约她吃饭的时候她在加班，自那之后我们也没怎么联系过，直到我看见她这条朋友圈。

　　这是她在青岛的第五个年头了，自从毕业之后，太多太多的人离开青岛，又有太多太多人拼命留下来，她终究成为了前者。

　　因为改签，她还需要在青岛逗留一个晚上，在找酒店的间隙，突然有些感慨，就发了条这样的朋友圈。我回复她："家里还空着一个房间，先来找我将就一晚吧。"

　　因为相识多年，她也没跟我客气，从路边的小商店里买了些零食便上来找我了。那天晚上我们聊了很多，聊到了工作、感情，以及被压榨后的生活。

　　毕业后的前两年，她住在合租房，一百平方米左右的房子里可以住五六户。房子隔音不好，有时候旁边住户吵架，整夜整夜地吵，仿若不会疲惫。她胆小，不愿和对方起正面冲突，后来实在忍不住，她去敲对方的门，结果对方把怒气撒在了她的身上，直到她掏出手机说要报警，对方才终于消停，但从此以后他们的梁子也算是结下了。

她住得忐忑，后来干脆赔了违约金重新找房子。

新找的房子是一个比较偏远的区域，房价低，空间大，不用跟人合租，就是上班要坐一个多小时的地铁，那她也甘之如饴。有时在地铁上学学英语，有时刷点娱乐八卦的视频。但那份工作总是加班，她经常赶不上末班地铁，回家都成问题。

她继续换工作，但这个问题并没有得到很好地解决。阿叶对工作执着、认真，一旦任务交到她手里，仍旧会每天忙到很晚。有段时间她倒也干得起劲，想着要是拿到了奖金就能搬到公司旁边来住，只是没想到所谓的奖金只是老板画的一个大饼。

她第一次感觉到了泄气，也失去了那颗拼尽全力想要留下来的心。

给了她重重一击的，还有她的爱情。

她的男朋友是青岛人，家里不算富裕，但在青岛有两套房子，不怎么上进，不过人品还是不错的，对她也很好，不过男方的父母不太喜欢她，觉得她是外地人，还有个弟弟。

不被家人祝福的恋爱，要么坚不可摧，要么分道扬镳，她和她男朋友属于后者。

25℃的秋

失恋加失业，她终于累了。

阿叶声音低沉地向我陈述道："我从前也没有想过自己会混得这么差，我都工作四年了，还拿着少得可怜的薪水，我不知道要攒多久才能攒够青岛一套房子的首付，我想回老家了。"

百香果味的精酿啤酒，搭配一些点心和卤味鸡爪，让人微醺。我盯着她那张失落的脸，心里突然堵得慌，但脑海里浮现的却是当年在广场上拍毕业照时意气风发的她。

说好一年一聚，说好在青岛好好打拼的那群人，如今都四散在祖国的各个地方。

在青岛的这些年，几乎每年都会有朋友找我吃离别饭，有人去更大的城市打拼，有人回到了自己的家乡。

求学至此，想要大展宏图，后来才发现现实和自己想象中的不一样，然后怀着不甘去向另一个地方。我想这大概是许多城市的残酷，即便再好也有可能不适合自己。

早晨我去送阿叶的时候，她还在跟自己较着劲，我安慰她："等你休养好了，可以随时回来。"

可谁知，后来的她竟也喜欢上了小城的生活。四十万就可以买一套一百多平方米带阁楼的房子，阿叶把自己的家装修得非常智能化，闲暇时间就抱着自己的猫咪在客厅看看电影，卧室里的床可以调节成最适合打游戏的状态，儿时的许多玩伴都住附近，经常约着一起玩，玩累了就到露台上一起喝点小酒，洗刷一天的疲惫。

工作虽然繁忙，但下班步行几分钟就可以到达父母家，每天到家都可以吃上热气腾腾的饭。

她还谈了恋爱，男朋友是自己的小学同学，双方父母都认识，知根知底。

阿叶向我分享这些的时候跟我说："其实，有时候幸福也很简单，饭后和男朋友一起散步，看萤火虫在草丛里发出绿莹莹的光，早晨等待太阳，晚上等待月亮，过着黑白分明的每一天。"她还说，虽然觉得有些遗憾，自己再也没有了想要出人头地的心气儿，但是又觉得很庆幸，自己从未丧失那颗热爱生活的心。

留在大城市不见得就混得好，回到小城市也不见得生活质量就差。小城市也好，大城市也好，自己过得舒心最重要。

也许换座城市，就会柳暗花明。

而年轻时候在每个城市打拼的历程，都会成为我们不可磨灭的印记，那些不甘、悔恨、苦楚都会成为我们人生的荣光，它们像树木结痂的地方，是整棵树最硬的地方，然后支撑着树木朝着更高处发展。

沉檀浸新梨

大学时我在咖啡馆兼职，店内要求每一个水杯洗完后都要用鱼鳞布擦拭干净，确保不会留下水渍，于是我像对待艺术品一样，对待每一只杯子。大概是在那个时候我学会了对生活认真，包括从生活中延伸出来的这些小物件。

那会儿为了半夜写稿方便，我自己在学校旁边租房住，我常在阳台上看书、码字，对面是一家开在小区里的小商店，暗淡的灯光会一直亮到深夜。我常常在小商店买些鸡肉肠和水，喂养总是徘徊在店门口的流浪小猫。它吃饭的样子很专注，而我看向它的目光同样专注，周遭那倏然而至的沉静，成为我和它之间默契的氛围。

秋天落叶时，它喜欢追赶秋风吹起的落叶，我裹着一条厚厚的毯子站在窗边看它，偶尔它会瞧见我，和我对视一秒后，屁颠屁颠地跑过来，隔着落地窗撒娇地叫着，仿若秋日的回声。

后来我毕业了，搬离了那个小区，而那只小猫也被小商店收留，过上了家猫的生活。

当下又是一个秋日了。

这个秋日有新店在装修，从头到尾几乎是合伙人老刘一人撑起全部，其他人提出想法，他负责三下五除二地解决。

新店砌了面包窑，搭建了养鱼的水池，安置了小桥，还有茶田中间的大长桌，坐在摇椅上望见近在眼前的山峦，每次眺望都能洞晓崭新的平静。

从前觉得开一个店好难，不知道第一步要做什么。后来陆陆续续开了好几家店，亦帮他人装修过许多店，于是对开店这件事再也不打怵，甚至可以说对开店的步骤了如指掌。其实所有事历经重复、反复之后，其中的过程与细节都大差不差，最难的还是刚开始的时候。

新店的床铺也是垒起来的大通铺，从左边的墙一直连到了右边的墙，大概有三米的样子，床的其中一半我放上小桌子用来读书，另一半用来睡觉。

秋日干燥，晚上睡觉前总觉得口渴，于是踱步到院子里的餐桌前一口气吃完一整串葡萄和三个柿子。抬头，是一颗很亮的星。

回到床铺后，开始写第二天的计划。

从前年开始，我习惯用日历的背面写第二天的计划，一日过完撕掉一页，计划也随之完成。

有时事情多，有时事情少，有时一天非常紧凑，像是在战场上升级打怪，有时又无所事事，于是便在田地里拔草，累了就坐在小马扎上发呆。

对自由职业者而言，自律和心态真得很重要，既要接受每个月收入的不均，更要克服心里那些懒惰的因子。

半夜饿了，从抽屉里翻出几块饼干。

吃完饼干后把第二天要穿的衣服用衣架挂好，又是一件白色长裙。

随着年龄增长，我们逐渐形成自己独特的喜好，比如我很喜欢在秋日穿长袖的白色长裙，阿桢问我，为什么每天在山里穿同一件白色长裙，都不会搞脏。

我说："差不多式样的衣服，我有十件。"她这才恍然大悟。

一日她让我帮她挑选衣物，皆为从前相同的款式，我瞧了几眼，真情发问："这几件和你之前买的有什么不同吗？"

惹得她哈哈大笑。

是为，每个人固有的，独特的舒适。

第二天去林师傅家观摩做香。他独自住在山脚下，最近正巧在做鹅梨帐中香，很久之前他便听闻我对此香感兴趣，于是邀我前去观赏。

一个极为古朴的院子，还没踏进去，便满鼻扑香。

林师傅从里屋拿出一些做好的鹅梨帐中香，送予我。

他说自己做的鹅梨帐中香其实并不正宗，有几种名贵香料他并未使用，而是用了替代品，但步骤却一步不落。要将沉香和梨子放在火上反复蒸，直至梨汁收干为止，这样沉香和果香才能完美融合。

我爱不释手，并表示可以拍视频帮忙宣传。林师傅连忙摆摆手拒绝并真诚说道，今年已经是他做香的第12个年头，顾客已经非常稳定，如今的订单都排到了年后。赚的钱已经足够他安度晚年，于是只想在线下卖卖，不想再扩大渠道。

我非常不理解，竟然真有人对钱财不感兴趣。

他说可能是因为从前吃了太多苦，他生活在一个小山村，婚结得早，在他刚成年不久后便有了一个儿子，而妻子却因生产落下了病根。

为了家庭，他只好外出打工，一日三餐是馒头配辣酱。最难的时候没钱给妻子做手术，是他跪在离医院不远的那个十字路口，筹集到了善款。

如今儿子已经结婚，自己做点小生意，他再也没有什么负担。

有一部分人，他们吃过苦，而后很容易满足。

林师傅喜欢写诗，劳作的间隙坚持练字写诗，只念过小学的他，识字不多，全靠自学。他不愿出名，只想写给岁月。

我望着他劳作的背影，眼睛有些湿润，就像他说的，身处此地，心被擦洗。

回去后，把香点燃，空气中满是关乎秋日的祝福。

千木千面，独有天地

从小到大我们习惯了用收获来形容秋天，尤其对于果农来说，果实成熟总是伴随着喜悦。可当我真的住到了山里，好像一下子明白了，这种成熟是伴随着死亡的。

秋天的一些植物早已不再生长，它们将自身全部的养分供给果实之后，便完成了最后的使命。

落叶像开花一样，是一件非常迅速的事情。春日的某一天，刚一起床，就看到了漫山遍野的花开，而秋日的某一天，刚一起床，就会看到满地的落叶。

秋日的树叶特别脆弱，风一吹，就齐刷刷地落下来，露出光秃秃的树干。

猫咪多鱼很喜欢在秋日的树木上睡觉，那些光秃秃的枝丫是它天然的磨爪地。树皮灰暗、粗糙，可当我们抚摸上去的时候却又觉得朴素可靠。

长大后我不再喜欢那些闪闪发光的东西，不喜欢金银珠宝，反倒更喜欢那些木质小玩意儿，即便是一块价格非常低的木头，它也带给了我一种坚守的力量。

它曾经立于天地万物间，活着的时候净化空气，死后还要成为我们的家具、饰品以及各种各样的生活用品。

前些年认识一个做木艺的韩师傅，他跟我说过："木头都是有生命的，我要对得起这些生命。我喜欢跟它们说话，喜欢聆听它们的声音。"

韩师傅对木头已经到了痴迷的地步，他每日与各种木头打交道，坚守他的一亩三分地，一个人在工作室的时候不舍得开空调，却舍得买上好的木料。

他曾经有一份体面、稳定且薪资还不错的工作，但他讨厌那样的生活方式，于是选择了做一个"清贫"的木匠，妻子和孩子曾经有所不解，但他那份在木头世界里的怡然自得终于也获得了他们的理解。

他得知我可以"卖字"为生后觉得很羡慕，他希望自己有朝一日也可以"卖木"为生。他用木头做过很多日常可以用到的小东西，从前只是一块普普通通的不起眼的木头，经过韩师傅的手，一下子就变成了宝。

我很喜欢逛他的工作室，被他做的琳琅满目的小东西吸引。那些木质东西的存在总会让人觉得宁静，它们不言不语，静静守护，即便经过了日复一日地使用也不会磨损太多，反而留下了岁月之感。

因为房子的问题，他搬过好几个工作室，而且每个工作室都是由他一手打造的，他的创造力很强，总能用木头把一小块空间布置成自己喜欢的样子。

一直说要去做客的我，一直未能去，但看着他的工作室有了越来越多的客源，我是由衷地高兴。

我的合伙人老刘也很喜欢木质的东西，为了不让木头招虫，他很细心地在木头上刷上一种蜡，让那些桌椅在保留着原有纹理的同时也拥有了光亮。

老刘说伐木的最佳时间是秋季，我看着院落里面的树木，心里突然"咯噔"一下。老刘继续解释，树木最不应在快速生长时期砍伐，而是在它纹理结构、性质、韧性都已足够稳定的秋季，这样不会影响木材的质量。

秋季对人类来说是丰盛，是收获，但对于植物来说并不是，如果世间万物的规则不由人类来定，那我们整个世界也许都要推翻重来了。

老刘看出了我心里那份不合时宜的心疼与沮丧，轻言安慰我："枯木逢春再生，而那些已经被砍伐的树木，它们只是换了种方式存在，在某种意义上，也是永恒。"

但我们都知道，这是不一样的。

细沙动壳声

刚装修民宿的时候是我大学毕业的第一年，23岁还是一个对未来有着无限憧憬的年纪。

民宿开在沙滩上，位于青岛一片比较偏僻的海域中，游客少，但海洋生物却不少，每次落潮时，都能够捡到不少小螃蟹和蛤蜊。

这些海洋生物有时候会因为搁浅而死亡，在沙滩上留下自己的壳。所以那片海域是无法光脚下去的，沙滩上全部都是白色贝壳，连成白色的一片。

我从未见过如此光景，觉得很新奇，便独自一人到沙滩上捡贝壳。我把一只蓝色的长长的瓶子洗干净，然后把喜欢的贝壳一片一片地放到瓶子里，没多一会儿，那只瓶子就装满了，我心满意足，想象着到时候用这些白色贝壳来装饰房间。

民宿开业后，曾有过一年的短暂好光景，客人们在沙滩上烧烤，举办篝火晚会，我见证了许多次求婚，也曾被小孩子捡到小螃蟹后的开怀大笑所感染。

再后来，因为疫情，客流量锐减，海边的小螃蟹仍旧很多，却没有小孩子来捡了，白色的贝壳也越积越多，它们有的已经碎掉，成为环卫工人袋子里不起眼的垃圾。

我转让了市里的一套民宿，仅留了海边的两套民宿，但它们早已不作为我日常的收入来源，只作为心里的某种寄托。我也很少去那个海边，民宿的事情也让房东代为管理。

几年后的一个秋天，我再次踏进民宿的房间，拿起了五年前在海边捡到的那些贝壳，没想到那些贝壳里至今还存留着一些金色细沙，我一下子被触动，在这只贝壳的见证下，好像时间从未流逝。

这些年做过许多决定，在面对一个又一个店的时候，也曾犹豫踟蹰，心里明明知道关掉它们会让我过上更好的生活，可每次下定决心后又有诸多不舍。

后来有人告诉我，"勇于舍弃"是比"努力得到"更难做到的事情。我便把我的这些店归到了"努力得到"那一栏，我不想就这么随随便便地宣告倒闭。

朋友总结道："你真是个勇者。"

为了不让自己的选择错误，其他领域我也归到了"努力得到"那一栏，希望我开的这些店，所涉猎的行业都能够开花结果。

我成了他人口中那个贪心的人，说我什么都想要，肯定什么都做不好。但我觉得无所畏惧，哪怕一切都失败了，一切也都可以重来，写作是我的底气，会做咖啡也是我的底气，那些真真正正经历过的事情，都是我的底气。

想起自己年少时写过的一篇文章："有时候，那些挫折、困苦，也是我们耀眼的成绩。即便失败了，也不必羞耻，那是我们的勋章。"

有时候，过程比结果更重要。站在那片蔚蓝海域面前的仍旧是我，但我生命的质地已经有所不同，那将是澄澈的、果敢的、唯一的蓝色。

25℃的秋

柿柿如意

　　秋季的柿子渐次成熟，高处的果实由于采摘困难，于是便成了鸟类的美食，偶尔猫咪看见振翅的鸟会发出兴奋的"电报音"，后来干脆爬上了柿子树，成为柿子树的小小守护者。当然在真实的食物链里，猫咪并不是这么英勇无畏，它只是对会移动的小生物感兴趣，它们享受这种捕猎的快感。

　　我和友人西子约会时，带了几个山上采摘的柿子并手写了一张"柿柿如意"的卡片。

　　她马上就要结婚了，我为她挑选的新婚礼物还在路上。年轻的时候，我们都很喜欢问别人那道选择题："你是想嫁给一个你爱的人，还是嫁给一个爱你的人。"

　　她的选择始终都是前者，她对那个男人将近五年的追逐，一直被我们这些朋友看在眼里。但是在婚礼的前夕，她似乎有些退缩，她又问了我另一个问题："爱一个人真的能够不求回报吗？我真的能够一直坚持不问结果吗？"

"真正的爱情应当是这个样子的，但人性却不是。"

我知道，这个问题问出口的瞬间，她对自己的婚姻动摇了。我们爱一个人是甘愿把自己低至尘埃的，但若觉得委屈，那说明我们最爱的还是自己。

而爱自己，无可厚非。

西子问我："那你呢？"

我实话实说："我当然讲求回报，世间万事，我全部都讲求回报。"

婚自然是没有结成，西子的未婚夫怎么也想不明白，为什么那么爱他的一个人突然就离开了。

她备婚买的许多东西大都未拆封，一下子全都用不上了，她问我店里是不是可以用上，如果可以，她全部赠予我。后来转念一想说："算了，不吉利。"然后她把那些东西通通扔掉，一如她要分手的决心。

我第一次见这样的女人，她爱得潇洒，离开得坚决。她说是她高估了自己，她没有想象中那么伟大。

25℃的秋

给西子买的新婚礼物，我未拆封，等快递小哥上门取货后，我便应邀去另一个朋友的葡萄园采摘葡萄。我对葡萄架最初的印象还是小时候姥姥院子里栽种的那棵，为了让葡萄生长得更旺盛些，姥爷特意做了坚固的葡萄架，让葡萄的藤蔓随着架子生长、攀爬。

姥爷还在葡萄架下面吊上了秋千，我们几个小孩子一边玩秋千，一边盯着头上的葡萄看，然后不厌其烦地问，葡萄什么时候才可以成熟。

我已经记不太清那棵葡萄树结出的果子的味道，但是那蓝色的秋千却一直在记忆里晃啊晃。

等我到了朋友的葡萄园才发现，葡萄并没有架得那么高，而是在随手可摘的位置，朋友种的葡萄是紫色的，每一颗都很饱满，皮很薄，把皮剥开后里面是绿色的果肉，清甜可口。

我问她是什么品种，她说自己也不知道，就是在集市上随便买的苗。她很开心，说真正栽种瓜果蔬菜后，她才领略到那种自给自足的喜悦，小时候不理解种瓜得瓜种豆得豆是什么意思，长大后想想，小时候可真傻，可不就是种什么才会长出什么吗！

我突然又想起西子，在感情这条路上，却从来都不是"种瓜得瓜，种豆得豆"，她努力付出五年，仍旧未能感化对方的心。

在葡萄园吃够葡萄和朋友一起劳作起来，她想要采摘几箱送给客户。我们一起将葡萄剪下来，用白色袋子装好，放到箱子里。我闲着没事，便和她一起拜访客户。经她介绍后得知，她的客户群体相对稳定，都是合作了好几年的关系，平时的相处都像是朋友，她希望自己客户的生意好，那她的生意也会相应好。

就像她说的那般，她的客户都很好，他们在收到葡萄后，又找了些其他的东西回赠她。于是我们送葡萄前是满满的一后备箱，送完后仍旧是满满的一后备箱。

她把我送回山里的民宿，并拿了几箱赠予我，搬运东西的间隙，看见天空中迁徙的鸟，入秋以来，迁徙的鸟也变多了。走在山间，山中的颜色层次丰富起来，各种黄和绿色，像是深秋落叶前的最后一场狂欢。

又过了一段时间，吃完冰箱里冷冻的最后一颗葡萄后，路旁的法国梧桐开始落叶，在金灿灿的路灯下落了满满一路，咖啡馆门口的风铃随着秋风发出"叮叮当当"的声响，我写了许多"柿柿如意"的卡片，送给来店里消费的客人，即便那个时候已经没有了新鲜柿子，但我很享受写明信片的片刻，专心致志，虔诚祝福。

快乐源于具体

咖啡节结束后，我把展会上的东西悉数带回咖啡馆，趁着这样的机会把咖啡馆彻彻底底打扫了一遍，小到一个别针都有它命定的归处。

在橱子里翻到了许多朋友送的礼物，各式各样的杯子、香薰等，有一些已经记不清是谁送来的。重新拿出来摆弄、擦拭，装到包装盒里，再放回原处。于是，收拾了几个小时，整个咖啡馆好像什么也没少，几十平方米的空间里仍旧满满当当，但是又好像哪里不一样了。

每次大扫除虽不能开启崭新的生活，却是某种不可缺少的仪式，我拿出一支白色的笔在镜子上郑重其事地写下："你笑起来真好看。"然后冲着镜子龇牙咧嘴地笑。

成年人的生活一地鸡毛，但还是有很多瞬间让自己觉得幸福又快乐。

想起为期四天的咖啡节，每天都有朋友过来给我们帮忙，他们的帮忙不是说说而已，要么撸起袖子进操作台就干，要么是扯着嗓子为我们招呼客人。

有那么几个瞬间，我真的是感动得直想哭，怎么形容呢，就像漆黑夜里的白雪，它们飞舞，丰满又轻盈，我仰着头，有雪花落在脸上留下水渍，我伸手摸一摸，水渍是热的。

生活中会有很多事证明你的所作所为是对的。比如，如果你真心对待朋友，他们也一定会真心待你。他们不仅可以在我店里谈天说地，大口吃肉，还可以在尘土飞扬的展地帮我搬箱子，收拾整理……

那日，朋友站在我的身边，远处的晚霞铺满了天空，五彩的云朵泼墨般漫延，有几朵开得艳丽的野菊花伴随着我们的笑声一起融进了秋天里。

也是在那一刻，我真切地意识到，好的生活永远都是自己创造的，好好地度过今日，明日才会有美好的回忆。

我的快乐都源于朋友。

我的朋友是每一个具体的人和物，是手边的书，是一首好听的音乐，是土耳其咖啡杯旁的一颗糖。

年少时写过一句话，一个人如果打定主意想让自己快乐，那他一定会快乐。毕竟在小孩子眼里得到五毛钱的糖果远比价格高昂的鱼子酱更快乐。

天气渐冷后我买了一个烤火的小火盆放在院子里。今年还是第一次用，生好炭火后放上铁架，铁架上面放上地瓜、橘子、柿子……

夜幕来临时，火盆内燃烧着温暖的火焰，照亮寸土，渐渐有地瓜香味扑来，我在群里发了一句话：地瓜快熟了，快来吃。

于是住在附近的小伙伴穿着拖鞋和睡衣就来了，拿了个小板凳坐在火盆旁边，火盆旁陆陆续续围满了人，有人在伸手烤火，有人在谈论工作，时不时发出阵阵笑声。

我搬着电脑坐在他们旁边，在欢声笑语中敲下最后的文字，颇有种闹中取静的感觉。

从小我就喜欢热闹中的孤独，喜欢在人群中当冷静旁观的那个人，就好像潮湿角落里的一株野草，即便没有阳光，也依然可以安静生长，不吵不闹。

朋友对这样的我见怪不怪，于是我更能卸下心防来。

我喜欢和相熟的朋友待在一起，因为我有许多不为人知的小怪癖。我们都是奇怪的人，哪怕互相不理解，但可以相安无事地交往，并感到快乐。

　　夜色更深了，炭火更旺了，星星铺满天空，月色盛满树干，而风轻拂过我们年轻快乐的面容。

秋叶的一日箴言

　　早晨的山里，是树的香气，在太阳未升起之前，我总是喜欢站在树与树之间，贪婪地呼吸一大口空气。

　　想起很久以前在书里看到过的一句话，你迎接清晨的态度，就是你迎接一天的态度，而每一个清晨折射出的，便是你生命的质量。

　　很快，太阳升起。面前，是画卷一般的镜头，阳光透过树叶的罅隙落在岩石上，不知名的鸟随着秋风在头顶飞过，空寂的山间多了一些灵动。

　　初秋时节，已有树叶从树枝上掉落，我怔怔地仰着头，像参与一个不为人知的梦境。

散完步后，回去吃早餐，处理工作。

文字写多了，偶尔会手腕酸痛，于是家中常备膏药。

从事多年的文字工作者，大多与我有着同样的困扰，我们的身体远远跟不上自己的脑袋，有时候想法很多，但身体的疲累已经无法支撑我们书写。

写作，是一件需要坚持的事情。面对漫长的书写，定时休息。

我经常和一起写作的伙伴语音通话，大家一起讲很多生活中的趣事，互相汲取灵感。身边一些各个网站的大神朋友，他们稳居各大网站的榜单，然后看众多自媒体号来分析他们的作品，猜测他们的稿费，对于他们的稿费，有人艳羡，有人嫉妒，殊不知，这其实是坚持许久的结果。

我们会用照片互相分享当下的生活，我爱拍山景，有人爱拍宠物，还有人分享美食。那些在外人眼中无聊的小说作者的生活也是很丰富的。

无论是何种职业，只要我们学会和自己相处，学会掌握生活的节奏，就会获得寂静与充实。

午觉醒来后，泡杯绿茶来喝，想起有一日我故意骗朋友说我这是崂山的春茶，每斤上千块，结果她真的非常珍惜，且每一口都细细品尝，并发出感慨："这贵的茶就是不一样。"

我坐在她的对面忍不住发笑，突然对物品的价值产生了怀疑，明明是同一样东西，但因价格不一样就被赋予了不同的价值。

她喝过"上千"的茶叶后，精神振奋，我们在长长的榆木桌上各自工作，其中一人若是得空，便为对方添水，并不强求。

店内和公司的事宜烦琐，找我对接的工作人员，我总是能很精准地猜测出他们的年龄，那些二十岁上下的实习生，热情、朝气勃勃，文字语言生动，在工作中带着很多个人情绪，经常出错。偶尔我和友人抱怨，她却安慰我说："每个人都是从那个时候成长过来的，要给对方成长的时间。"

于是我选择了原谅。偶尔还会向他们传授自己的经验，教字他们做事的步骤，很多时候，那份严谨和周到会让双方有意想不到的舒适和顺心。

工作完成后再次和友人出门，沿山路行走。

没有到山上开店时，我的散步区域仅限于楼下的小花园或者三公里以内的体育场，每天都走重复的道路，偶尔觉得无趣。

可自从在山上开店，我开始不厌其烦地走山路，路两旁是众多叫不出名字的植物，哪怕是同一条路也总能走出些新意来。

暮色之中，我穿梭于林间，被友人无意中拍下照片，透过竹林的阳光正巧落在我的左肩上，我非常喜欢这样的意境与巧合。

　　秋日的傍晚冗长、沉静，风里清凉，宠物们的欢闹，果农们的笑谈，还有空气中说不出的果香味，都会被温柔的夕阳笼罩着。友人继续帮我拍照，我从口袋里掏出一只艳丽的口红涂抹，然后和友人一起等风来，在秋风吹起裙角的刹那，定格。

　　那张照片的光线得当，整个人都被一抹白色的光晕涂抹，平生出许多暖意。

　　想成为明亮又柔软的人。

　　深夜里，有月升起，四周围绕云团，我独自一人待在卧室里。

　　一天的时间，很长，很美好。

　　直至我沉沉地睡去。

－2℃ 的

冬

未融化的雪像糖霜一样铺满山峦。

知岁一寒

　　冬天是青岛旅游的淡季，整座城市都空荡起来，唯有栈桥海边喂海鸥的地方人会稍微多一些，天气一冷，那些海鸥便如约而至，众人为它们准备了面包、油条等食物。

　　听说有一年食物太过充足导致海鸥都变得挑食，只吃油条，不吃馒头和面包了。北方冬季的阳光亮得让人睁不开眼睛。有一次我顶着日光喂海鸥，眼睛只得眯起来，只看见白茫茫的飞动的一片，还没等我反应过来，手上的油条便被胖乎乎的海鸥叼走了。

　　每次喂完海鸥回来，猫咪六六都会在我身上嗅个不停，它从未见过海鸥这种动物，即便它嗅再长时间也不会跟脑海中已有的印象对上号，它只是好奇。

我回到书房码字会把推拉门关上隔绝一些声响，六六会用自己的小爪子把门拉开一个缝，先把小脑袋拱进来，然后胖胖的身子也跟着进来。每次看到六六熟悉地开门，我心里总会有种老母亲的欣慰感，它会的技能不太多，开门算其中一个了。

屋内的暖气不算充足，但和室外相比已是暖和许多。我不喜欢穿厚重的衣服，天气凉的时候，我宁愿披一条毯子，这样有一种身心都得以放松的慵懒感。

而六六就这么趴在我的腿间，毯子之上。

冬日的晚上时常有大风，把山里的帐篷都吹坏了，第二天我约了师傅去山上修缮，但经过商讨，觉得实在没有整修的必要，不如在第二年春季再搭建新的。

送师傅下山后，我便在山上住了下来。

积雪的存在让山峰变得温柔，填补了山峰的棱角，在将化未化的间隙里为山峰勾勒出柔软的曲线。

晚上，月亮会升到山峦的侧方，然后照亮山峦一侧的雪，那束月光那么轻，又那么安静。

在小院里打一杯精酿啤酒出来喝，打酒的时候需要让酒水沿着杯壁流下，否则会出现非常多的泡沫，影响酒的口感。茶树花味道的酒，喝入口中，像是在口里含着冰似的，这些精酿度数高，后劲十足，喝完几口后等一等，心里和脑袋就会融升起一股热，整个身子都变得暖烘烘、火辣辣的。

一人独饮，不宜贪杯。

我在山的这边，世界在山的那边，我看着山，享受它带给我的无穷无尽的宁静与喜悦，物质繁盛、物质清贫在这一刻早已成为了可有可无的事情。

诗人纪伯伦曾说：当睡在天鹅绒华丽温床上的皇帝做的梦并不比一个露宿街头的乞丐做的梦更加甜蜜的时候，我们怎么能对上帝的公平失掉信心呢？

从书籍中拿出春季时夹在里面的花朵，花朵早已失了水分和颜色，全都变成褐色的薄如蝉翼的样子，但细细分辨，还是能够通过大小来辨别它们的名字。

有木香花、有月季、有蔷薇、有芍药……夹芍药的那一页，不知道是不是因为花瓣太大，连纸张上也沾染了褐色印记，像是春天刻意留下的记忆。

我把这些"自制书签"发给朋友看，朋友一脸不解："春天马上就到了，新鲜的花就要开了，你还留着这些做什么。"

人会迟到，但春天永远都不会迟到。

很少有人会喜欢冬天，就连小狗元宝都有些嫌弃，每次它在室外上完厕所都要赶紧回暖和的屋子里烤烤脚，它心里肯定默默地想：这个又湿又冷的冬天，到底什么时候才能过完。

可冬天的意义，永远都不是为了等春天到来。

每年的冬天，书稿也到了收尾的季节，我习惯在春节的前夕，把欠下的所有稿子都写完交掉，然后文字里都带着冰雪的味道。

其实冬季是很适合书写的，因为寒冷，所以书写的人也会变得理智，不会有太多虚无缥缈的情愫，只需要言简意赅地叙述、传达。

爱憎汹涌的尽头，只是荒凉。

在冬日的时候写过一个爱情故事，两人相知相爱，过程迅速，互相许下永生永世的诺言，而到了分别那日，又互相怨恨。那一刻，抛弃对方就像抛弃一件讨厌的旧衣服。可真的分开了，就开始回想曾经的过往，那些一起度过的时光。可是和大雪一起消失的人，永远都不会回来了。那段年轻的时光，也永远都不会回来了。

爱得越纯粹，恨得越彻底。女主在过去的回忆中无法走出来，她大闹男主的婚礼现场，哭泣、怒喊，一个人完成了一场虚

-2℃的冬
235

张声势的声讨，毁掉对方的婚礼，只为了自己的发泄。

笔下的她，剑拔弩张、粉身碎骨她皆不在意，如果能因此看清爱情的本质，这一切权当是在渡劫。后来的她，变成了一个冷静疏离的人，再无爱恨情仇，她最爱的人变成了自己，最重要的是学会了宽宥。

后来的她也遇到了自己心仪的人，对方是她不容忽视的那种优秀，他向她示好，但她却退后半米，宁愿与他成为点头之交的陌生人。

我们只知道，因为没有了爱，便没有了伤害。

很久以后，或许还会有其他的女孩站在她曾经受伤的地方，为爱情流泪，也许只有那刻，那个女孩才会明白她的痛苦和不甘。

在漫长的人生里，我们能够如愿的事情其实微乎其微。如果我们长生不老，如果我们不再有爱恨喜怒，那样的生活是不是会无比空洞和无趣。

字句之中，没有答案。

柔软雪地

2022年冬天我在山上住了一段时间，每天早晨醒来都会在窗边的书桌上看一会儿书或写一会儿文章，山上的供暖系统不好，我常常写几个字就把两只手拿起来放在嘴边哈气。

那段时间虽然艰苦，但灵感却蛮多的，像极了书里曾经说过的，物质匮乏，精神丰富。因为寒冷，写出的字歪歪扭扭，但内心觉得很快乐。

后来温度更低了，我开始在屋内围炉煮茶，把炭火拾到盆里，放上酒精块，粉红色的酒精块像果冻一样。用火枪将炭火点燃，刚开始的时候火苗微弱，需要用蒲扇用力扇，直至火苗慢慢大起来，再向火盆上放上铁架。

屋里很快暖和了起来，暖和到不舍得开窗，整个人都懒洋洋的。经此一遭，发现在屋里烤火也不是个事儿，烟排不出去，于是买了一个壁炉。

有一日山上下雪了，外面是纯白的世界，而屋内的火光红通通的噼里啪啦地燃烧，我趴在窗户上看雪，觉得特别浪漫。

看雪看累了，我干脆搬了个躺椅到壁炉前看书，身上只需要盖一床薄薄的毯子，翻了几页书，刚好看到保罗·戈埃罗曾经写过的一段话："从那时起，我就一直忘不了那座房子。我想象着和你一起住进那座房子，在壁炉中燃上柴火，一起凝望窗外山巅上的白雪；我想象着我们的孩子在屋内嬉戏、奔跑，在圣萨万的田野中长大成人……"

那是非常温暖幸福的时光，感觉睡着后的梦里都是暖洋洋的，再醒来的时候壁炉里的火已经灭了，猫咪多鱼不知何时跑到我的身上团成了一个球，四周很安静，就在那一刹我觉得此生无憾。

那个冬天里有很多朋友来我的小院做客，有人喝着清茶就这么落下泪来，她跟我道歉，说抱歉带给我负能量，我说："没关系，你哭吧。"曾几何时，我们连哭泣都变得小心翼翼了。

她被裁员，一直没有找到心仪的工作，更不想灰溜溜地回家，让她这么多年的打拼看起来像个笑话。我不知道要怎么安慰

有计划地浪费一生

她，我也有一堆烂摊子事需要处理，在山上小住颇有点逃避的意思。成年人的世界没有谁比谁更容易，但我们却早都学会藏起了悲伤。

晚上我留她在小院吃火锅，热气升腾。巧的是屋外又下雪了，我打开一盏灯挂在门口，雪花像跳舞似的在灯下飞扬。她夹了一块牛肉填进嘴里，含糊不清地跟我说："我觉得我还能坚持一段时间。"不知道是不是吃火锅的原因，她的脸红扑扑的，一双眸子也晶亮晶亮的。

饭后我们决定一同出门散步，下过雪的夜里并不黑，连天空都变成了银色，脚踩在雪地里发出吱吱的声响，仿若踩在海绵里。

我突然觉得很高兴，仿若长久的坚持有了轮廓。

那天晚上我们走了很远很远的路，澄明的月光，光秃秃的枝丫，还有在柔软雪地里想要重新出发的我们。

-2℃的冬

留住心里的光吧

在某个北风萧瑟、大雪纷飞的黄昏，我会莫名地难过，心里会涌出一种无法排解的悲伤，随着年纪的增长，我非但没有更坚强，反而变得更敏感脆弱了。

晚上开直播的时候，有粉丝请教了我一个问题，有没有什么人生建议可以给正在念书的她，她觉得当下很迷茫，不知道该怎么选择。

我的回答让她陷入了更迷茫的境地，我说："现在的我觉得选择比努力更重要。"

我向她讲了我自身和朋友的一些例子。

2020年的时候我选择拓店，但刚拓完店就遇上了疫情，赔了很多钱。而我的朋友2020年选择做自媒体，三年过去了，他现在是他们城市榜上有名的大博主。

2020年某个写作平台的编辑找我开专栏，我当时觉得是个新起的平台，没有什么流量就没有去，但有人去了，她成为了年入千万的专栏作家，而我错过了那个平台疯狂生长的两年。

没有人能够预知未来的生活，于是选择就变得至关重要。

我从前写过一篇小说，女主的一生做了许多选择，但一步错步步错，最终踏入永远都无法翻身的深渊，后来我无数次想到我曾经写过的这个故事，周遭仍能觉得有丝丝凉意。

粉丝继续回复我："是呀，我就是害怕会做错误的选择，迟迟不敢做决定。"

我立马改口道："还是要勇敢做决定的。"就算现实生活中的事情不能推倒重来，但内心至少是可以重启的，重启自己的心态，重启对这个世界的看法。在犹豫不决中，我宁愿选择勇敢试错。

后来我反思自己，与其说做选择，不如说扩宽自己的眼界，当我们还什么都不懂的时候做决定，很容易做错误的决定。如果我当时开培训机构前好好做一下市场调研，或许就不会这么轻易地开店。如果我当时好好了解新写作平台的机制，也就不会错过那个机会。

-2℃的冬

不要轻易做选择，凡事要三思而后行，而一旦做了选择，就要全力以赴。其实再看开一点，人生无论怎么选择都会有遗憾。那条我们从未选择的路永远都活在想象里，而想象里总是花团锦簇的。换句话说，让我们感到无力的并不是未来还没有得到的，而是过去没有选择的。我们总是想当然地以为那条没有选择的路才是最好的路。

某一天和阿桢聊天，阿桢感慨道："年轻的时候不信命，但随着时间流逝，当我们面对这些没有办法解释的命运走向时，好像不得不感慨一句，都是命啊。"

我和阿桢同岁，与她认识大概有七八年的时间，听到她说这样的话，我心里一阵恍惚，觉得不太像是从她嘴里说出来的话，毕竟当年她来青岛找我玩，我们烦心的事还仅仅只有爱情，在满是海鸥的海边，我们都在期望自己心爱的男生可以爱自己更多一点点。

我们一起去餐厅里吃饭，她把手掌卷起来放到我的眼前，然后趴在我的耳边小声说："看，都是星星。"

我透过她手掌的缝隙看向天花板的灯，那些被灯折射出来的光照亮了我整个瞳孔，一闪一闪的，真的很像星星。

她就是这样一个浪漫的女孩子，还拥有着我们所有人都公认的美貌，她的眉眼精致得像芭比娃娃，从事影视行业的她业余还写作。满腹才华的她被领导器重，即使多年未见，我也从未担心过她的前路，只觉得她离自己的梦想越来越近。

可是突然有一天，她让我帮忙转发微博，她在微博讨薪。又突然有一天，她跟我说她的公司倒闭了，想来青岛找我，看青岛有没有什么合适的工作机会。

她在青岛的第一个落脚处，我们约在了山上民宿的小院，我在小院的会客厅准备了清淡的火锅招待她。彼时她刚做完阑尾手术不久，整个人特别瘦，像一碰就碎的瓷娃娃，但好在她胃口还不错，吃了很多食物。

那段时间的我，在事业上同样不顺，所以面对美食的时候也有点忧心忡忡，阿桢突然开口说："老曹你变了，你沉默了，疲惫了。"

大家都在问："老曹从前是什么样子？"

阿桢说："她是个小话痨，喋喋不休，眼角眉梢都是神采奕奕的样子，你看她现在，半天不说一句话。"

曾经的我们在商场里抓娃娃，不计金钱，不计时间，只为了快乐，现在的我们已经很少逛商场了，更不会玩这些略显幼稚的游戏。这些年我们吃了苦，摔了跟头，随着年纪的增长，我们变

-2℃的冬

成了一个乏味、消极、褪色的大人。

我问她，如果时间回到五年前，回到我们刚毕业的时候，她还会不会选择去北京。

"会。我觉得曾在北京度过了非常快乐的一段时光，已经付出了能够付出的所有，在某种程度上并不觉得自己有遗憾。"

她没有工作后，每天都在坚持写小说，笔下的小说受到了万千读者的追捧；我在努力地开店，让自己的品牌被更多的人知道。

我们依然义无反顾，勇往直前，我们仍旧热血进取，在这一点上，和从前的少年无异，时光永无终结，暗夜里星辰的光永不泯灭。

年轻的时光并没有书上描述的那么好，我们会犯很多错误，会拥有很多懊恼，但是年轻又比想象中的好，我们可以去试错，可以去选择另一条道路。年轻的时光和后来的时光相比，多了留在自己脑海里的时长，年轻时候的记忆会伴随我们几十年，无论是赢了还是输了，无论是痛苦还是治愈，这些记忆都会成为我们前进道路上的动力。

某个平常的冬日，我收到了阿桢送我的花，贺卡上写着：当冰雪消融，春天就来了。

即便跌入了时空的裂缝，也仍旧要留住心里的光。

冬日的世界，重新变得洁白

下过雪的小院，美得像故事书里的童话世界，我爱冬天的唯一原因，大概就是下雪了。雪盖住了一切污秽，好像一切都可以重来。

除此之外，我实在想不到冬天的青岛还有其他什么令人喜欢的因素，尤其像我们这些开民宿的商家，冬天是实打实的淡季，经常一整天都迎不来一个客人，毕竟很少有人愿意在冬日里去吹寒冷的海风。

但是阿雅却反其道而行，非要在寒冷的冬天来找我，她到达青岛的时间是晚上十一点，我和赵印开车去接她。

她是我唯一一个朋克风的朋友，总是穿酷酷的黑色的衣服，是一个小有名气的不出镜的手工类博主。

五年前，她在微博兴致勃勃地私信我，说她读到我写的小说里的一段情节和她经历过的一模一样。我们因此认识，经常在网络上一起谈论哲学，或者互相分享一些看到的观点。她作息不规律，经常不回复我，我也因为忙碌，偶尔会忘记回复。

但是我们从未间断过聊天，有时候，我和她需要的只是分享，并非应答，于是即便对方不回复消息也不会感到焦虑，因为我们知道对方一直都在。

三年前，是我们第一次见面，在偌大的火车站，我找了一圈，怎么也没想到离我不远处的那个一身黑色，戴着墨镜，涂着红唇，编着五颜六色辫子的美女是她，倒是她第一时间认出了我。

时隔多年，我还清晰记得初见时她一口东北味地与我打招呼："傻眼了，姐妹儿？"

"阿雅？"

"正是在下！"然后我们相视大笑。

见到她后我想，如果不是我们在网上已经聊了两年多，在现实生活中我们也许永远不会相遇，因为我们两个人的喜好和生活轨迹是截然不同的，她爱摇滚，尤其爱重金属音乐，几乎国内的音乐节都能找到她的身影。第一次见面，她便送了我许多她在各个音乐节买的纪念品，其中一个酷酷的手办和她很像。

她喝酒、抽烟，但她并非借酒消愁，而是说喝酒会让自己更加清醒。

她爱哲学爱到狂热的地步，她手上的疤就是在做手工的时候因为想问题想得太入神伤到的，而为了研究哲学，她还特地去学习了德语，她认为所有的翻译家都没有办法翻译出原有的意思。

每次我问她学得怎么样了，她都摆摆手："哎呀，还在精进中。"

在我的印象里，她总是那么直率，要么非常快乐，要么非常痛苦，可就是极度痛苦的时候，她也仍旧是享受的。活，就要活得精彩；死，就要死得无憾，她就是这样一个人。

再次去火车站接她，我心里是喜悦的。

夜里十点半的街道几乎没什么车辆，一路畅通无阻，汽车驰骋在黑夜的跨海大桥上，远处的楼宇闪烁灯光，路两边像星星一样的灯迅速地闪到我们的身后。我非常喜欢夜里坐车的感觉，道路安静得似乎都能听到车轮碾压马路的声音，有一种说不出来的频率在空气里波动。整个人的状态都会变得特别平静，这时我心里期待着这条道路永远都没有尽头。

车子最后停在青岛北站的地铁口旁，熟悉了她的打扮后，我一眼就瞧见了她，大喊她的名字："阿雅，这里！"

这次她来是要同我一起去山里住，她也极其兴奋，路上她说："我也来体验体验你这文艺的生活。"

她打开行李箱，里面装的是各种烟，各种酒，她用可怜兮兮的表情看着我："我怕你不给我酒喝，就自己偷偷带了。"确实在平日里，我总是叮嘱她少抽点烟，少喝点酒，对身体不好。但真正看见行李箱里的烟酒，我还是有点哭笑不得。

晚上，她想和我聊天，结果聊了没几句我便睡着了，而舟车劳顿的她也非常罕见地没有失眠。上午的时候，我们差不多同一时间醒来，吃了她最近三个月中的第一顿早饭，然后她懒洋洋地坐在壁炉旁看我摆弄花草。

我将朋友前几日送来的雪柳剪成一段一段的，然后放在调酒的试管里，它们就这样漫不经心地盛开着，在干燥又寒冷的冬天里生出许多关乎春天的暖意。

等太阳出来了，她又非要到院子里的摇椅上躺着晒太阳。

我满脸写着拒绝："外面很冷的！"

"寒冷让人清醒！"结果她没待几分钟，便赶忙去卧室里掏羽绒服出来，把自己裹得严严实实后又重新躺到摇椅上。

我们目及之处正是崂山，她向我描述冬日的崂山，我觉得很贴切。她说："山的底色像可可含量70%的黑巧克力，那些未融化的雪像糖霜一样铺满山顶和山底，当阳光照耀时，它们发出暖白的耀眼光芒。"她觉得坐在院子里看山，就像面对一个巨大的口感很好的巧克力蛋糕。

我说："你才应该当作家！"

"切，这种文绉绉的东西只适合你们这种文人。"

阿雅待在青岛的第二天便下雪了。长期待在南方的她见到雪后整个人兴奋极了，非要拉着我到院子里打雪仗，后来我实在累了，她便和小狗多多一起玩，这正好合了多多的意，一人一狗在院子里玩得不亦乐乎。

晚上我看她发了一个微博，拍了小院的雪，然后配文：冬日的世界，重新变得洁白。

很短的句子，却暗含了很多深意。

据我所知，她的原生家庭不是很好，童年也很不快乐，后来她靠自己的努力一点点自愈，但受过的那些伤却是永远都没有办法抹平的。

我不曾问她发生过什么，不想勾起她那些不好的回忆，她也未曾主动与我讲起过。只是有些心疼，她走到今日，是完完全全

-2℃的冬

靠她自己。

她还同我讲，这个世界上很多你以为可怕的事情等有一天你真正经历了也就那么回事儿，因为你除了迎难而上和放弃生命，并没有其他的选择。

这个与我截然不同的女生苦口婆心地劝我，要多爱自己一点，要再自私一点，那些爱你的人最希望你开心，而那些不爱你的人，你永远都不必在意对方的看法，永远不要为了那些无所谓的人委屈你自己。

当然我偶尔也会向她感慨："好奇怪，我们竟然能够成为朋友。"

她回答得有些激愤："为什么不可以！"

想了想，阿雅又继续解释道："你属于那种隔岸看花云淡风轻的人，而我是属于汹涌澎湃誓死不屈的人，如果你是与世无争的蓝，那我就是什么都要争一争的黑。我们只是外在表达形式不同，如果深究的话，其实我们的内核都是一样的，你心里也执拗得要死，你追求你内心的平静，我追求我命运的答案，我们都是较真的那一群人，我们都在向平庸做着某种斗争，我们既平凡又不凡。"

看吧，她其实文笔还不错，挺适合写点什么东西。

阿雅临走前的晚上我们聊了很多，我说她是我遇到的第一个在日常生活中会思考这么深入的人，我问她这么活着累不累。

"我想追求这世间每个问题的根，我想挖到最底下看看答案到底是什么，大家都说糊涂是福，但我不这么觉得，生而为人，总要活得值得，而勤于思考，算是我对自己的奖励。"

谈及接下来的计划，她兴致勃勃地与我分享："我从去年开始读历史，我的计划是六年读完文史哲，但文学这种东西嘛，需要有点底蕴才能读得懂，我想最后两年再读文学，去年我在读国内历史，今年我在读国外历史，明后年读哲学，最后两年读文学。我相信，当六年过去，我生命的质地会因此而不同，下辈子即便我变成了一只昆虫，那也是凝固在琥珀里的昆虫，然后黑夜里也发着光。"

说到这里，她拿起酒瓶喝了一大口酒，然后又将玻璃酒瓶重重地放在桌子上，发出清脆的声响。

"怎么样，听起来是不是很酷！"

我忍不住和她击掌："好，一起成长！永远成长！"

那一刻时光绵长，我好像一下子就明白她说的，成熟不过是弹指间的事。

而所谓的成熟不过是清醒自知，游刃有余。

-2℃的冬

送她到车站后，我征求她的意见："我想把你写到小说里，这短短的两天里，你说的话让我产生了许多思考。"

她欣然应允，还说随便刻画，哪怕刻画成一个大魔头也没有关系。

"记得化名！不要让大家猜出是我。"

"好。"

一个从头到尾都很有意思的姑娘。

我们从未标榜我们的不同，但都想要为这个世界留下些值得的东西。无论这一生经历过多少悲欢离合，我的灵魂，我的爱，永远洁净如初。那轮照亮自己的皓月，就在正前方。

今天很平凡，却是限量版

早晨的时候，在山里散步，不知道谁家里养了些鸽子，成群结队地飞，然后又齐刷刷地落在了同一块土地上，像是站岗的小战士。

回去的时候，邻居家奶奶在收拾柴火，我停下来聊了几句，跟她打听是谁家养的鸽子。她随手一指，向我道了个名字，我愣是没听明白，但也不好意思再问。听邻居说，鸽子最喜欢向阳的地方，所以只要是鸽子驻足的地方，你跟过去绝对是块风水宝地。

"是咧，刚刚去山里走走，舒服呢！我回去啦，准备开门营业！"

"去吧，中午给你送点小鱼干吃。"一种我叫不出名字的小鱼，只要保存好，可以吃四季，每次拿出一点来油炸，酥脆酥脆的。

自从有一年帮邻居家卖樱桃后，奶奶总会拿一些家里的好东西投喂我。奶奶说，要不是我们在这里开了店，有许多顾客过来采购樱桃，否则每年的樱桃都是要烂在地里的，靠她去村头和集市上卖，是卖不了多少的。

我常常被蕴藏在朴实人心里的善良所感动。

我喜欢挑点喜欢的杯子放在咖啡馆，每个来咖啡馆的客人都会夸杯子好看。其实很多杯子因为容量不合适并不能做咖啡，但哪怕用它们盛水都显现出了十足的仪式感。

店里装甜点的盘子似乎没有那么讲究，白色瓷盘和木质盘比较多，上面并未有过多装饰，我用它们盛椰枣、小西红柿和一些叫不上名字的小饼干，都是很简单很常见的食物，但因为从塑料袋换到了盘子上，显得精致了许多。

这也许就是为什么很多人会觉得咖啡馆是精致生活的代表了，就是这些杯盘服务了一桌又一桌的客人，见证了一段无所事事但又美好的时光。

正午十二点，隔壁奶奶果真来送炸好的小鱼干，除此之外还给我带了两个野菜包子，简简单单午饭又有了。我想留她喝杯茶，她走得急匆匆："还烧着火咧！"

帮客人做好咖啡后，我开始食用我的午饭，一只白底带浅蓝色花纹的大盘子里，左面放着小鱼干，右面放着包子，盘子底部有轻微的划痕，我三下五除二地吃好后又把盘子洗好，想着下午抽空的时候，把盘子给奶奶送过去。

可这么一忙活，就忙到了下午三点钟，这时的阳光最好，光线毫不吝啬地照在那只破旧的盘子上，那划痕显得并不狼狈反而很温柔。老一辈的人就是这样，他们过惯了苦日子，所以对世间的一切都很节约、珍惜。

而我并不是一个太恋旧的人，那些闲置无用或者坏了的东西，一定会第一时间送人或者扔掉的。

但这只盘子却让我心头一软，在时光快速划过的几年里留下了一点时间的印记。

傍晚我去还盘子又顺便给奶奶带了几盒牛奶，奶奶与我道谢。彼时她正非常认真地给小狗梳毛，她做任何事好像都非常的认真仔细，做饭时，全身投入地炒菜、揉面，做农活时，同样也是竭尽全力地去做。她在珍惜人生的每一个瞬间，在这种程度上达到了人生的另一种充实。

"过一日，少一日喽。"奶奶虽然坐在我的面前，但她的声音听起来却格外渺远，好像踏过了重重山河而来，而这句话却老是响在我耳边，响在我平凡又普通的每一日里。

因为每一分每一秒无法推倒重来，所以这些平凡的日子，也成了独一无二的存在。生活因此有了光之美，再寻常、再平庸，也会镀金。

旧雪

我对过年的情绪总是很复杂，是那种既期待又害怕的感觉，热闹几天后的沉静总会让人徒生一点寂寥。

很多亲人、朋友可能只在过年时见上一面，见面前满满期待，见面后心里又会空落落的。橱柜里的很多杯子也只有过年的时候清洗一次，为了众人相聚时使用。每次我清洗那几只一年只使用一次的杯子的时候，心里都会涌起一点愧疚感，把它们清洗洁净，然后非常郑重其事地放到杯架上，等待着过几天用它们来装果汁或者其他饮品。

除了杯子，还有很多物件需要清洗、整理，它们并没有很脏，但春节的迎新成为一种大家默许的仪式，这种仪式包括把花盆里植株的每一片小小的叶子都擦拭干净。

-2℃的冬

每次费事最久的就是整理我的写字台，小的时候，我是一个什么都不舍得扔的人，我会留着路边捡到的石头，过期的香水，以及各种用空了的笔芯。后来，我爱上了断舍离的生活方式，于是我每次过年回家都要下定决心扔掉些什么，但到了真正扔的那一刻又有了很多迟疑。

写字台里承载的，是曾经的我留下的印记和回忆，但现在的我却否认了从前的所有。于是很多年我都是把东西拿出来擦拭一下，然后再重新放回去。

那次我还翻到了一块很香的心形香皂，大概已经十多年的时间了，它仍旧那么白，一点要化的痕迹都没有，就那么规规整整地躺在专属于自己的小盒子里，看到里面那张小小的卡片，才想起来是阿谷送给我的。

阿谷的家境不太好，母亲在她两岁的时候出过一次车祸，导致无法工作，只有父亲担负着家庭重担。有一年父亲失业后，久久没有找到新工作。印象里阿谷穿过一件洗到发白的衣服，她有点自卑，即使在炎炎夏日也要穿着一件厚厚的外套，把外套拉链拉到最上面，只为了遮住里面的T恤。

她长得好看，从来没有人质疑过她的穿衣风格，即便在夏天穿着厚厚的外套，大家对她也只有倾羡的份，那是长得好看的女孩子的特权。

我和阿谷的熟络是因为她和我一样都偏科严重，数学不好，我们经常被老师留在办公室里补习数学，于是便建立了浓厚的革命友谊。

后来我们上了不同的大学，去了不同的城市，但仍旧保持着联系，也保持着每年过年见一次的传统，除却疫情那几年。仔细算算，大概也得三年未见了。

也是这三年的时间，她发展得迅速，她在上海打拼，成立了自己的自媒体工作室。2023年春节，我联系她见面时才得知，他们家在2022年搬离了小城，住进了她全款购买的一个上海的房子里。

"你们不回来了吗？"

"暂时不回去啦，上海的医疗条件好一些，对我母亲的病情有所帮助。"

就是那样一个瘦弱的肩膀，承载了一整个家庭的重担。她发来上海的地址，让我去上海找她。我未能有机会去上海找她，但我们开启了一段长长的视频通话。视频中的她穿吊带睡衣，裹一床厚厚的被子，她一边吸着鼻子，一边跟我吐槽："上海冬天这个鬼天气哦，冷死人了。"

-2℃的冬

阿谷仍旧留着长发，但因为窝在家里，所以头发被她松松垮垮地揽在脑后，一颗小型的珍珠垂在脖子前，显得皮肤格外白皙。

很奇怪，即便我们许久未见，但视频里的她仍旧带给了我无比熟悉的感觉，我们丝毫没有拘谨，很快便打开了话匣子。

这几年她曾拥有一段刻骨铭心的恋爱，对方是她合作品牌的负责人，男方是她喜欢的类型，沉稳睿智，长相还不错。两人都是异乡人在上海打拼，并都取得了不错的成绩，在一起谈商业、谈经济、谈观点，每天都有讲不完的话。

"在很长一段时间里，我认定了他就是我的真命天子，是他的一言一语拓宽了我的眼界，你知道的，我一直想要的是双方可以一起成长的那种爱情，我觉得他就是我的理想型。我的父母也很满意他。"

"哇，看来你好事将近？"这还是我第一次听阿谷这么形容一个男人，在她的青葱岁月里有无数追求她的人，但没有一个可以真正走进她的心里。

只是她的反应让我有点措手不及："你听我说，听我慢慢说！"

"在我们感情比较稳定，我提出同居的时候，他退缩了，当时我的心里就咯噔一下，再后来，我在他的手机上发现了暧昧短信，再然后我便假装出差，实则当天晚上就偷偷去了他家里。"

随着阿谷的讲述，我的掌心涌出一层密密的汗，心里紧张得不得了。

"有人开门了，一个女人，一个和他穿着情侣睡衣的女人，我一声不吭地就离开了，他也没有追上来。后来，他向我解释，这是他那段无疾而终的初恋，他觉得遗憾，心有不甘，但再次和那个女生相处之后，才知道最爱的是我，他不想放弃我。"

"这是什么渣男发言……"

"这还不算完，那个女人竟然来我的公司面试，我看了眼她的简历，专科毕业，三年未曾工作。你知道吗？那一刻，我一下子就泄气了，你说我和她争什么呢？有什么好争的呢？我和她根本就不是一个轨道的人。而我的前任在我的心里也一下子跌下了神坛，男人都是俗不可耐的生物。"

说到这里，阿谷离开了屏幕前，等她再回来的时候，手里多了一杯酒，在那个寒冷的冬日，她加了满满的一杯冰，然后在屏幕面前一饮而尽。

"小时候还期待着，等你以后当了作家，写写我的故事，现在觉得，我真的不配出现在你的故事里，我竟然会拥有如此俗不可耐的人生。在没有受伤之前，我那么期待一段爱情，现在受伤之后，我再也不想碰爱情。"

"错的不是你，不能因为一个男人就否定爱情。"

大家明知道爱情有甜蜜也有痛苦，可是在这种痛苦里，我们却无时无刻不在执着，因为我们仍旧会贪恋爱情的光和美，爱情是治愈，是力量，是救赎。

爱情，从来都没有道理可言，遇到它的每个人，都是一击即溃的。

挂断和阿谷的视频后，窗外下雪了，我静静地在窗口站了一会儿，那一刻，我突然也很想举起一杯酒来，和天地干杯，将人生所有的困苦一饮而尽。阿谷那么要强的女孩子，宁愿输给一个比自己更强的人，也不愿输给什么都不如自己的人，那会让她的一切努力看起来像一场徒劳，她轻飘飘的一句不争，保全了她幽暗的自尊。

窗外的雪花继续飘着，像电影里加了慢放的镜头，地面很快变成了饱和度很低的白色，冬日尽处，不尽人意。

再过几天，便是农历春节了，春天在给人希望之前，总要经历些至暗的时刻，等日光灼烧，等雪消融。

　　雪停之后，我回到书房写稿，厨房里是父母剁馅包饺子和聊天的声音，我一点都不觉得吵闹，只觉得心中安稳。

烟火寻常

冬日的清晨，我不喜欢定闹钟，喜欢窝在温热的被窝里自然醒。晚上倒的热水忘记喝了，水蒸气凝在杯壁上形成大颗的水珠。我将头发随意揽在脑后，把凉了的水倒掉，然后去厨房重新烧水。屋外的院子里，晨光附着在尘土上，为了让自己暖和点，我经常选择在清晨劳作，拿一把很大的扫帚，清扫一整个院子。

有时候小狗多多和猫咪多鱼就会追着扫帚玩闹。

我劳作过后，早饭会吃得很多，大多时候是一碗热气腾腾的面。偶尔有会做饭的朋友来做客，我们就一起去大集上采买，然后朋友会做满满一桌子好吃的食物来犒劳我。

一切都是其乐融融的样子，直到那个人给我打电话。脾气温和的朋友一下子在我面前炸了，她质问我："为什么和她还有联系？如果你和我最讨厌的人交朋友，那你也不再是我的朋友。"

还没等我回味过这句话的意思，她已然拂袖而去。

身为店铺老板，首先要修的一门功课便是对每一位顾客笑意相迎，尤其是在对两人过往的故事未知全貌的情况下，我很难做到去表明我的立场。

那是我觉得有些遗憾的事情。

有段时间我很担心周围的朋友闹别扭，咖啡馆作为一个交友的空间，他们其中的很多人都是因着咖啡馆而相识，然后又发生了种种事情，最终分别和决裂，最后那些人再也没有踏入咖啡馆一步，即便咖啡馆是无辜的。

有时候也很怕身边要好的朋友谈恋爱，要是能够一直友好步入婚姻还好，要是谈到中途分手，那再见也只剩尴尬，而两边都是自己的好友，偏袒任何一边都不合适。

有时候我也想做一个爱憎分明的人，把不喜欢的人通通赶出自己的店铺，但每次静下心来的时候，我又会安抚自己，我从事的是服务行业，礼貌的寒暄，温暖的笑意，是我应保留的善意，既然是送出的善意，那就要人人平等。

朋友走后，我为自己煮了一壶热水，然后一个人默默收拾桌上未吃完的食物，那些可以留到晚上继续吃的都被我覆上保鲜膜放到了冰箱。还没等我收拾完饭菜，水便开了，我用滚烫的水沏了一壶热茶，坐在吧台上慢慢喝。茶杯从左手无声地递到嘴边，独自享用。

吧台上有一盆水生的龟背竹，某次因蜡烛离叶子太近，烛火将十分之一的叶面烧黑，本以为它会因此凋落，没想到仍旧顽强地生长，不断孕育新的叶子。

那些生命中即将到来的人，已经到来的人，还有刚刚离去的人，都会出现在人生的某一个时刻，不必欣喜，亦不必惋惜，相处时全心全意，分离后真诚祝福。

几日后的跨年，我和朋友们一起去了海边，另一侧的沙滩上有人在放烟花，我们飞奔过去，加入了他们的行列。我们一起拉着手在海边奔跑，都是萍水相逢的陌生人，但在某些特定的时刻是可以没有距离的。我们用热烈的方式来告别旧年，迎接新年。

而这些仪式感，无一不在告知自己：你在努力生活。

手机里存下的那张不明亮的月亮，成为这一天记忆的参照。

回程的路上很饿，其中有个朋友脱下他鼓鼓的背包，从里面掏出几个菠萝包分给我们，不知道是不是因为背包的构造特殊，那几个菠萝包仍旧松软膨胀，丝毫没有干瘪的迹象。我们坐在路沿石上，迎着冬日的寒风，大口咀嚼。

海边停了一会儿的烟花，又重新升起，估计是去了一波新的人，看来这个夜晚大家都是抱着通宵的决心，因为我们已经距离海边甚远，所以映入眼帘烟花都变成了小小的几只。

人群里只有一个人想返回去继续观看，其他人皆以眼皮打架为由想回去睡觉。那人得知只有他一个人也不愿挣扎，便随着我们大部队回来了。

我脑海里反反复复出现的只有一句话：烟火寻常，辞旧迎新。

松鸣

清晨太阳没升起来之前，空气里都是松树的味道，是一种略带酸性的檀香味，冬日的北方树木枯黄，唯有松树还郁郁葱葱。所以出现在我朋友笔下的冬日画面，经常只有几棵孤零零的松树。

每次她冬天来山上找我的时候都会感慨："冬是孤独，夏是狂欢，冬天的一切都太寂寞了呀。"但她仍旧选择在冬日上山。

她是一名自由插画师，身上却有种诗人的气质，有时候她站在院里望向落满雪的山峦，我都会有一瞬间的恍惚，仿佛看到了隐居田园的诗人。

她还喜欢在雪地里行走，默不作声地走，走很远很远的路，渴了就从背包里拿出滚烫的热水来喝，喝完又继续行走。面对山里的雪景，她那么喜欢拍照的一个人，那一刻也不舍得拿出相机，她说怕按镜头的瞬间，眼前的美好便消失不见，她宁愿选择用自己的眼睛和自己的脑海去记住这样的美景。

她对着山峦轻轻开口道："你好啊，愿你永存心间。"

她总是这样无论做什么事情都是拼尽全力，她希望得到百分之百的体验感，包括游玩，都觉得自己还不够努力，可游玩本就应该是放松的呀。于是她年纪轻轻，便有少许白发。

我和她都属于那种把自己绷得很紧，自我要求很高的人，偶尔我们也会对彼此说："把心里的那根弦松一松。"但我们心里也都知道，改变一个人的行为习惯并不容易，所以有时候宁愿专心致志地接纳自己，然后各自周游。

我们也会向彼此说很多话，交谈会让我们更深层次地认识自己，在向对方表达的过程中，也是梳理自己观点的一种方式。

她说绘画是她的慰藉，她拿着那个薄薄的平板电脑可以走向任何的远方，她可以一整天不休息不吃东西只作画，描绘出她脑海里美好的一切，用手里那只小小的笔，走遍万水与千山。

她说："我们是一样的人，我们是创作的人，我们是有机会把自己的想象变为现实的人，我们创作的一草一木，一男一女都在安静地等待着自己的结局，可他们的结局真的是我们掌控的吗？其实也未必，那是属于他们自己的命运。"

她说话总是这么文绉绉的，所以我说，如果她不是一个插画师，那她一定是个诗人或者哲学家。

送她下山回来后，我无心写作，于是开始抄书，用小院里唯一一只毛笔，没找到盛墨的碟子便随便找了块下凹的石头，然后倒上黑色的墨汁。写毛笔字是一个极其缓慢的过程，足以静心。

我喜欢在冬日的时候留长发，在夏日的时候剪短，刚捡到猫咪多鱼的时候，就是一个天气渐冷的冬日，顾客捧着小小的它，跟我们说要是没有人收养它，它就死在寒冷的冬天了。

我们心一软，把它留在了小院里，那会儿，它只有巴掌大小，喜欢咬客人的鞋带，喜欢玩我的头发。再一个冬日的时候，它已经能够安静地趴在我的书桌上看我写字了，在漫长的时间里，它同院落里的花草树木一起，追逐、相逢，然后又一起安安静静地长大。

每次我看到多鱼，都会想起初见它时的样子，它是一个被世界遗弃的小生命，但就在被遗弃的那一瞬间它被我们捡到了。

很多时候就只是命运的转角。

那些被大海遗弃的白色贝壳，被小孩子捡到，然后像宝石一样捧在自己的手心里，收进自己专门盛宝贝的木盒子里。

它们遇到了命运里那个珍视自己的人，如果没有遇到，那就自己珍视自己。

我的顾客里有一些原生家庭不好的人，经常选择在下雪的时候来山里疗愈自己，他们问我最多的一个问题就是："为什么我会被世界遗弃？"问这句话的时候，很像多鱼刚来小院的时候，眼睛里流露着怯生生的害怕和无望。

那场雪下得无休无止，狂风似是大鸟在耳边振翅，头发被吹乱，然后又一遍遍不厌其烦地别在脑后，他们仰着脸，任雪落在脸上然后融化。他们说要成为最优秀最出色的人，让当初遗弃他们的人通通后悔。

随即又很迅速自我反驳："算了，无论我多么努力，他们总会失望。"

这就是原生家庭啊，是我们一生都无法走出的迷宫，即便后来的他们都遇到了命运的转角，成为很出色的人，即便他们过上了自己想要的生活，但心里的疤痕永远都不会磨灭。

他们进屋，抖了抖身上的雪，我递上一杯热茶。我能做到的就是当他们来到这个小院的时候永远有一杯热茶，愿袅袅升起的热气可以抚平生命里所有无常、湍急的交替。

-2℃的冬

他们走了，拍拍我的肩膀道："不要替我难过，我在好好的生活。"

夜里太冷了，山上松柏的呼吸，连绵不绝。手里捧上手炉在夜里看星，满天的星星，满目的月光，没有夏日那些扰人的蚊虫，也没有春日那干燥的空气，除了冷一点，再无别的缺憾。

我从口袋里掏出一张皱巴巴的纸巾，上面有朋友随手画的松树，而旁边的留白似是雪落，空白之处，皆为松鸣。

我听着，整个人都安静下来。

冬安白首

　　许是山里的空气含氧量高，我每次晚上在山上睡，睡眠质量都很好，早晨醒来，神清气爽，偶尔忘记拉窗帘，便可以透过窗户看见冰雪未消融的远山。

　　穿上我在集市上买的花棉袄，在窗前吃早饭，一碗热腾腾的手擀面条上面卧着一个八分熟的荷包蛋和一根芝士香肠。

　　类似浓郁的芝士味香肠这种高热量食物和冬天实在是绝配，但遗憾的是，一直心心念念的奶油蘑菇汤没有喝到。虽然我跟着网络上的视频学了很久，但仍旧做得一塌糊涂，想点个外卖，因距离太远而被拒绝配送。

　　外面的雪化了，整个院子里都是湿漉漉的一片，目及之处也是白茫茫的，山里冬天的白日，总有些化不开的浓雾，让人心里不够清明，有些村里的老人，就这么守着屋里的火炉，盼阳光，盼雾散。

出门倒垃圾的时候，我又瞧见靠近小院山上的那三棵梧桐树，老人都说屋旁有梧桐树是好事，尤其是三棵梧桐树会引来金凤凰。想起春日里梧桐树开花的场景，不得不说，还真有些神秘的色彩。

梧桐树的花繁盛、茂密，是那种伞状的淡紫色，仔细闻一闻，还有种令人迷醉的香气，尤其是五月初梧桐花落的时候，那真的是一场声势浩大的秘事，整个地面都是紫色，像踏入了一段不为人知的路。

有时候我会想，那只金凤凰应当是开花时来，落花时去，它躲在树上那些繁盛花朵里觅食、梳毛、歌唱。

春季的时候，我做了很多花朵的书签，但唯独没有做梧桐花的，原因我不记得了，但明年想收藏一朵。

回来后开始收拾打扫，虽然住在山里，但山里的尘土并不多，尤其是湿漉漉的冬日，连续几日不擦书架，都不见得有灰尘。

书架上堆放的书籍太多，以至于把最顶上那层木板都压弯了，偶尔会有网友留言说："博主的美颜开得太严重了，书架都弯了。"

每次看到这样的评论，我都只是笑笑，估计跟他们说是因为书架质量不好，他们又会说如果是真的爱书之人为什么不舍得买个好点的书架呢？

想到这里，觉得又好气又好笑。

起身，决定倒腾一下书，把重量轻的放在最上面一格，拿书的间隙掉出了一张明信片，看这个悲伤的遣词造句就知道是阿木写的，他写：我们好好地活着，我们每天都离死亡近一些。

他马上要四十岁，是一个既乐观又悲观的人，但他的那种乐观又像是极致清醒后的自我救赎，过去的那几年，他经常用自己的过往经历来开导我。

我最难过的是2020年，那时我已经开了民宿、咖啡馆和一家培训学校，遇到了疫情之后就一直停业，但房租丝毫没有减免，工作人员的工资也要照常发放。每天一醒来面临的就是欠债，而且债务是一直累计的。

那段时间我变得很沉默，然后每天都在责怪自己，怪自己为什么要这么冒进开这么多店，如若不是这些店，我也不至于24岁就负债累累。

-2℃的冬

那一年我搬进了一幢老房子里，不舍得添置新衣服，每顿的三个菜，改成了一个菜，有时朋友看见我的饭菜，都会问我一句："你是兔子吗，吃得这么素！"

有时朋友会叫我出去吃大餐，我都拒绝了，那时候的我连一顿饭的时间都不愿意浪费，每一分每一秒都窝在自己的小房间里头脑风暴，想着该怎么还钱。彼时秦湦也创业，情况同样不乐观，我跟朋友说，我和秦湦组成了一个"双赔家庭"，对于我们这种家庭，是一点抗风险能力都没有的。

也正是那段时间，我和合伙人因是否要开第二家咖啡馆的事大吵一架，最后他说他拿资金来开，他还告诉我，疫情只是一时的，但心气儿不能垮。

正是因为他的魄力，后面的两年里我们开了五家咖啡馆，越来越多的人知道了我们，有人想加盟，有人想咨询，有人来买咖啡豆，这都是基于店铺之上的变现方式，只要店本身不赔钱，那就已经是赚钱了。

真的到了很纠结的时候会觉得有人在推着你走，那些你以为的困局，其实只差一步迈出的勇气。

2021年的时候我决定投入更多精力做抖音账号，跟实体相比，自媒体确实支出成本较小，它可能只需要你的时间成本。当时我也会觉得说自己会不会已经入场晚了，是不是已经不好涨粉了，即便带着诸多疑虑，还是硬着头皮做了下去，结果真的爆了几个作品，直播时在线观看人数达到上万人。

我朋友评价我的标签是全网开店最多的小说作者还挺特别的。那一刻我突然就释怀了，如果不是我这些年拼尽全力开了这么多店，那可能我现在也不会拥有这个独一无二的标签。

我之所以能把自己的自媒体平台做起来，正是基于我的经历，人生就是这样一环扣一环，所有的累积都会在未来的某一天，用另一种方式呈现。

也只有吃过苦，才能更加珍惜来之不易的甜。

2023年我的视频又往自己的店铺上倾斜了一下，拍了很多自己在店里居住的日常片段，因为山里的景色很美，所以那些视频也都给我带来了不少流量。我更加相信世间很多事都是这样相辅相成的，没有什么事情是注定浪费时间的，想做的事情就勇敢去做，把抱怨的时间都用来踏实走路。

就像阿木曾经向我说的那句话："人生这么长，怕的还真不是累，是无聊。"

因阿木工作的特殊性，他每年都会拥有一个长长的假期，他会选择在假期去旅行，这种生活，他已经坚持了十几年。

我问他世界的尽头是什么，他说他也不知道，他正在寻找。

在阿木社交平台上有一些评论说："花钱出去找罪受，去哪里都不如在家里待着舒服。"还有一些评论说："太危险了，死在世界哪一个角落都未可知。"

反而是那些年轻人，一些大学生，还有着爱与理想的那些人，支持阿木去走荒凉的戈壁，去爬雪山，去看极光，去等待动物的迁徙，他们不会质问阿木为什么这么大年纪了还不结婚，更不会发出不友好的言论说："你每天风吹日晒，看起来像老了十岁。"

后来阿木干脆把账号注销，走自己的路，听自己的心，屏蔽掉那些指手画脚的人。

2023年，他带着一块非洲的石头与我相见，我放在手里颠了颠，开玩笑道："这真的是分量超重的礼物！"

他说再见我时，发觉我的心态已经好了太多，不像前几年的时候，眉间总有淡淡的化不开的愁，现在的我终于能够会心一笑了。

学会和自己和解，我也会知道人生难事二二三三，我们可以失败，但不要放弃。我觉得我有一个好的能力就是健忘，我能够渐渐忘记那些不好的记忆，很多苦难我已经记不清苦在哪里了，只要咬牙撑过了当下，身体就好像拥有一块橡皮擦，给我抹掉这些不好的记忆。

有时候人的自愈能力真的很值得称赞。

但我不知道阿木是否真的自愈了。

他曾经也有心爱的姑娘，有甜蜜的爱情和婚姻，但就在某一次旅行回来，他的妻子被查出了癌症，与此同时，他的妻子怀孕了。前些年，阿木讲到这里的时候，我的心都跟着颤抖，那一年，他不仅失去了他的妻子，还失去了他的孩子。

道路的平整与陷阱，生命的绽放与陨落，皆如花朵盛开和凋谢的那一个瞬间，世间千变万化，可任谁都逃不过命运。

所以，后来的这些年，他一直不停地走在路上，别人不理解，但是我理解，我想，他是带着那个灵魂，一起在看世界。

他曾经还告诉我说："她不在了，而我不愿将就。"在另一个世界里，也许他们早已经约定好了白首不相离。

世间需要这些执拗、忠贞的人，也许大多人做不到，但是你不该嘲笑，也不该在未知全貌的情况下去质问阿木："为什么你还不结婚？"

屋外的雾气仍旧未散，我整个胸腔都闷闷的，想多呼吸一点新鲜空气，没想到用力的那一瞬间竟会让人有窒息的感觉。

我们经历的死亡、离散，才是这个世界最平常的真相，没有过分夸张，没有形容词修饰，更没有抒情，但这些真相仍旧拥有无与伦比的悲伤。

所以，世界的尽头到底是什么呢？

也许世界的尽头仍旧是翻越。

但阿木永远都不会感到孤单，因为他从来都不是孤身一个人。

能饮一杯无

夜晚,山里的天空格外黑,显得星星特别亮,如同美人鱼闪落的那些泪珠。山里的居民睡得早,不过八点钟,四周便只有零星灯火。

朋友立骁在晚上八点钟左右踏雪而来,因着我租的小院在巷子尽头,他说一路走来就好像在经历古装电影里月黑风高的晚上,茫茫雪地里只有一个小屋,窗户透出橙黄的光,让雪地里行走的人,都不由自主地去探寻那一抹光亮。

然后要么是被抹脖子,要么是真正地被收留,感受温暖。

我笑着问他:"你觉得我是前者还是后者?"

"后者。"然后他发出几声冷笑。

我去院子里打酒的间隙,朋友打量起我在山间的房子,看着熊熊燃烧的壁炉和旁边的炭火，又自顾地总结道："比我想象中的要暖和。"

话音刚落，他便脱掉了身上的那件大衣，将它整齐地放在座椅后背上。

我从消毒柜里取出两只玻璃杯，然后将酒均匀地倒在玻璃杯里，第一时间把酒推到他的面前："朋友，大雪已至，能饮一杯无？"

立骁却不接我的话，自顾地问我："这大晚上的，你自己住在这不害怕吗？"

我大拇指指了指后窗户："你进来的时候没看见吗？秦涅在后院收拾柴火呢！"

所谓的柴火不过是我们从家具厂收集过来的一些边角料，找天气好的时候把它们劈成小小的木块，然后天气不好的时候，就要用防雨布把它们通通保护起来。

秦涅一直有一个当木匠的梦想，那不如就先从砍柴和保护柴火开始。

当然，更多的时候是没有从家具厂收木头的好运气，那就只能从网上买木头，你想要什么样规格的木头都可以在网上搜到，而且那些木头非常适合做壁炉的引子，松软、易燃，就是燃烧得有点快，我们必须在适当的火候下加入木炭。

想到这里，我忍不住和立骁感慨："其实用壁炉的成本比空调要高很多。"

他将身子往桌子上一倚，提高了语调："哇，在这么浪漫的壁炉旁，你就不要说这些这么不浪漫的话了。"

"怎么，我难不成要跟你在这里吟诗作赋？"

因为相识太久，我在立骁面前可以毫不避讳地说话，他也不会因为我的言语不当而心有芥蒂。

那一刻，会客室里灯光昏黄，壁炉里烈火熊熊，自己腌制的花生在白色小碟子里发出诱人的色泽，我们有一搭没一搭地喝着酒，有一搭没一搭地说着闲话，他夸小院里的精酿很好喝，问我为什么只给他倒那么点。

我解释道："这个酒后劲太大，不敢多喝。"

他却直言自己酒量不错，目前还没有什么明显的感觉。

这还是我第一次听到有人这么坦诚自己的酒量，我忍不住发笑，他问我笑什么，我说没什么。

不过，立骁说出这样的话，我并不会感到奇怪，因为他一直是一个有着自己一套严密处事风格的人。比如，从上学的时候我们聊QQ开始他就是有始有终的人，每次聊完天都会很郑重地跟我说一声，再见。

所以在一段时间里，他都不喜欢我的聊天方式，说我总是聊着聊着人就不见了，他说那是非常不礼貌的表现。

他心里会有明确的尺量，可能在别人那里不重要的事情，但是在他这里就会变得重要，在别人那里重要的事情，可能到了他这里又会没那么重要。

在他的生活中，不难找到那条明确的黑白分界线，这是我觉得神奇和令我钦佩的地方。

关于网络聊天这件事，我仍旧我行我素，于是十几年下来，他也只好选择包容。实际上在我们各自工作后，已经鲜少有机会聊天了，通常托对方办一件事，三句话就可以搞定，除此之外，再无其他无用的寒暄。

但毕竟是十几年的好友，友情并不会因为聊天次数少而变淡，这不，在一个寒风冷冽的冬日，他出差路过青岛，说什么也要到山上来看看我。

因为路况不熟悉，明明一个小时的车程，他愣是走了三个小时，我从黄昏将至等到夜幕降临。

担心用壁炉会有泄漏一氧化碳的危险，我还是习惯性地开窗透风，立骁和我一起站在窗口处，那扑面而来的冷风中是风雪的味道。

立骁大声喊着秦涅，让他赶紧进屋暖和暖和。

秦涅喊着嗓子回应："马上，装完这一些。"

立骁看看秦涅，又侧头看看我："看样子，家务活都是人家干啊。"

"偶尔我也会做的！"

立骁从前是我QQ空间的真实访客，他会像完成阅读理解一样看我写的每一篇日志，他提到我从前的文章，说十几年前的我渴求轰轰烈烈的生活，梦想仗剑天涯，问我现在的想法是否变化。

"现在想更简单、更温柔地去生活。"

如今的我仍旧有一颗想要流浪的心，但流浪再远的心总要归家的。感情也好，生活也罢，随着年纪的增长，我们越来越看重实际、温和、稳定，就像桌上的那个大馒头，它普通、朴实、不起眼，但是咀嚼后，唇齿间留有淡淡的甜，最重要的是，它饱腹。

"曾经的你，还渴盼惊天地、泣鬼神的爱情。"

"你都说了，是曾经嘛。如今我觉得最好的爱情是陪伴，是互相关心和照顾，是我的后盾，是我随时可以补充能量的基站。

稳定又真诚的另一半，既是自己生活中的锦上添花，也是自己的雪中送炭。我不害怕孤独，但是多一个人也刚刚好。"

说到这里，我的脑海中突然想起了我和秦涅在海边的某一日。一个普通的夜晚，我们坐在沙滩上一起喝酒，聊些闲话，我倚靠在他的肩膀上，觉得就这么过一生也不错。

然后有位拿着拍立得的小姐姐来到我们身后，偷偷拍下一张我们的背影合照，随着"咔嚓"一声，相片自动出来，下一秒，小姐姐便绕到了我们的身前将照片送给我们，说她途经这里，看到我们依偎在一起的样子很美好，便未经允许擅自拍下了。

许是真正爱摄影之人，对自己的作品精益求精，将照片递到我们手中后，又觉得色调太暗，于是调试机器，又重新为我们拍摄了一张。

遗憾的是，我和秦涅都不善言辞，并没有和小姐姐聊太多，印象里只有些惊讶的感叹词和无数声谢谢，并未留下对方的联系方式。

那是我和秦涅为数不多的合照，被我贴在写字桌前的白墙上，寂静的海，起落的呼吸，还有可以随时回归的怀抱。

聊到这里，秦涅恰巧推门进来，而那个口口声声说自己酒量好的立骁，已经完全被酒的后劲打败，说自己头痛欲裂，要马上去睡觉。

看着他被秦涅架着走出去的样子，我再一次忍不住发笑。

他是那么一本正经又那么有趣的人。

岁月风平

疫情结束后的第一年，我频繁地见家人，好像要把从前丢失的时光全部都补回来。这也是我和秦湦第一次非常正式地见了双方父母。

回家之前会精心挑选很多礼物，装了满满一后备箱，从前不太喜欢的许多礼节，到现在开始一项一项地履行，也终于明白了它们的意义，那不过是在外儿女的一片心意。

我和秦湦都生自普通家庭，双方父母平凡、温和，并没有明显的距离感，大家坐在一起聊家常，聊小时候的很多趣事。

小时候母亲为了照顾我，没有选择出去工作，而是在家里接一些缝被子的活。为了缝制方便，被子要被两根长长的木棍架起来，两根木棍平行，然后再一起放到一米高的铁架上，母亲会搬一只圆圆的板凳坐在被子的一侧，在被子上缝出花样。

这个时候，我会在被子下面铺上毯子，然后在毯子上摆满我的玩具。地面和被子之间大概有一米高的距离，我把那床被子当作我的帐篷，即便下雨也不会淋湿。有时我也会起来帮母亲一起挪被子，把缝好的地方卷起来，把没有缝制的地方松开。

我夸赞母亲缝制的花样好看，母亲说等我以后结婚，她就帮我缝制这个花样的被子，母亲关乎儿女的想法总是很长远，充满着祝福和期盼。

我和母亲有许多这样独处的时刻，时间过去二十年，那些画面的细节我都还记得。

她总是在做各种各样的手工活，安静、重复、琐碎，而我则喜欢在母亲旁边读书、画画亦或吃零食。傍晚我和母亲一起去给小鸭子采摘食物，回到家把采摘到的草剁碎，拌上玉米面一起喂食。于是，那只被很多人都不看好的小鸭子，就这么一点点被喂大了，通体呈褐色。

小鸭子最喜欢下雨天，我就打着雨伞，站在它的旁边看它在雨中跳跃、尖叫，我内心也觉得欢喜，快乐是会被传染的，哪怕对方是一只小动物。

母亲并不反感我去做一些和学习无关的事情，哪怕我在雨中站一个小时也不会催促。我童年的许多时光，都是在这样的平稳幸福中度过的。

翻找出童年的许多照片，一张挨着一张地向秦湦讲述，分享我曾经的快乐。

中午和姥姥一起去饭店吃饭，秦湦很熟稔地照顾着我的父母和姥姥，挑选适宜的果汁，调整热水的温度，还会不动声色地把我喜欢吃的菜转到我的面前。

姥姥在我们返程的时候，握住秦湦的手，留下简短的叮咛："过日子，就是互相照顾。"

她还在我耳边说悄悄话，说秦湦看着面善、干净、沉稳。我很难描述出秦湦身上的某种特质，但他确实很受老一辈人的喜欢，我将这些话转述，秦湦傲娇地扬了扬嘴角。

我也会邀请家人来青岛游玩，挑选风景优美的住处和味道可口的饭店，希望他们在青岛的体验快乐、圆满。

当有一天自己有能力去给家人更好的生活时，会有一种由内而外的满足感。当然，为家人奋斗这件事，不能成为自己的负累，但可以成为自己关于爱的回馈，那是我们心底隐藏的无限温柔。

朝与同歌暮同酒

冬日的又一场雪落，最后一点暖意也都散尽了。她在客厅里就着灯光翻书，整个身子窝在沙发上，慵懒得像只猫咪一样。他从卧室走出来，自然地坐在她的一侧，她看书看得入迷，懒得抬眼看他，可身子却已经很有默契地倚靠在他的怀里。

他刚刚洗完澡，换了一身干净的衣服，若有若无的香气扰得她心思全无，她干脆把书扣在沙发上，一只手覆上他的胸膛，然后笑意盈盈地看他："明天是个重要的日子。"

他心里知道，却故意不说，她皱着鼻头瞪他，故作生气，他这才软下音来在她耳边说："新年快乐。"

在众多节日里，她最喜欢辞旧迎新。

分针划过数字12，又是一年了，365个日夜，再折算成分秒，是个庞大的数字，他们之间好似什么都没发生，又好像发生了很多。

两人兴起，聊到了那些记忆深刻的片段。

在那个毛茸茸的春天，樱桃花盛开的日子里，他们彼此相遇，那年的春天雨水特别多，总是毫无征兆地下雨，他不厌其烦地为她送了许多次伞。他们一起走在被雨水打湿的石阶上，雨天之所以浪漫，是因为灵魂靠近。

许多年过去，他仍旧会随叫随到地送伞，偶尔他也会在电话那头回怼："你有大头，下雨不愁。"他们关系亲密后，总是互怼，一段感情成为了陪伴，也似是嬉戏，是保持在庸常生活里的天真和孩子气。她越来越懒于同别人讨论些什么，但她却喜欢与他喋喋不休，她的乖张与挣扎在他面前显露无遗，即便她知道真理于这个世界而言略显单薄。

谈及印象深刻的吻，是在某个夏日清晨。早上他出门上班，走到门口又折回来吻她，她未起，睡眼惺忪地坐在床上晃神，他揽过她的脖颈说吻就吻，为了配合他，她仰起头半跪在床上。

可是那个吻戛然而止，等她清醒之时，他已经闭门而去，于是一整天的时间里她都在回味那个吻，薄荷冷冽的味道，冰冰凉凉。

有计划地浪费一生

脑海里不断回响的是他贴在她嘴角说的那句话："等我回来。"

　　她印象最深的性事是某个无声的夜，整个过程里两人一句对白都没有，唯有紊乱的呼吸和细细的汗。

　　窗外有月光照进，他像是一个在城墙外努力攀爬的人，只为了盗取夜里最美的月光，而后是零碎而长久的快感，溶解于自身。

　　月光照在他身上，她趴在他怀里，一起分享月光。

　　他说他印象最深的一次是他们度过整夜，然后拉开窗帘，窗外天光大亮，她裸着身子趴在窗边，然后回过头冲他傻笑："天亮了哎！"

　　那一次他们一同度过了朝暮，那样的剧烈与羞耻，暴露与情迷。

　　他们偶尔争吵，有一次她硬生生地自己走出几里地，他追过来，劈头盖脸地就吻下来："你能耐了是吧？"

　　她还是不理他，脸上有泪，狼狈不堪，他为她拭泪，下了保证："我以后会注意。"

　　还有一次，他们为搬家争吵，客厅里尽是家具狼藉，她气得坐在沙发椅背上，发誓再也不要理他，可是几分钟后，他走到她身边轻轻地抱住她，她一下子就心软了，也回抱他，一句话没说，就这样和好了。

有时候她也会哄他，在他身上蹭啊蹭，不断叫他名字："不生气了好不好？"

"生气！"

"不生气了嘛，你怎么这么难哄啊，你看我每次都很好哄的。"

他还是不应，她委屈巴巴地含着泪："你干嘛呀。"

他终是没辙，只好抱住她："好了好了，不气了。"

谈及令自己最感动的事情，她说是他默默当"田螺先生"的时候。

她数学不好，但每日却有繁重的账目要算，于是她的书桌旁常备计算器，有时会因为当日的营收感到欣喜，有时也会因为赔付而懊恼，在很长一段时间里，她的心总是会被这些数字牵动着。后来才渐渐明白，她的生活里，盈亏就是她的常态。

拥有了平常心之后，她偶尔会因为困倦而昏睡在书桌上，就像许多年前做数学题的晚上，那些繁杂的题型是最有用的催眠剂，漫漫长夜，只剩困意。

第二天在床上醒来，而书桌上早已摆上了清楚整洁的账目，除了纸质版，还多了一份电子的Excel版。

夜渐渐深了，他在客厅点燃一支仙女棒庆祝跨年夜，暖人的光芒，在自己的目及之处常亮不灭。

失眠，他为她讲童话故事，讲了很多个豌豆公主和青椒王子，她百听不厌。

新年的第一天，她在写字桌前面写小说，想起自己在年轻的时候，编撰的那些疯狂的故事，她的故事里最常出现的事物是白色房子和一个骑着单车的男孩子，今时今日她再也写不出那样的文字。每个敲击键盘的瞬间，每个白日里的电脑微光，汇集成了一艘巨大的飞船，将她飞速地承载到此时此刻。如今她依旧坐在电脑桌面前，才发现她距离那个年轻的世界和年轻的爱恋已经很远了。

他扯着嗓子喊她过去端菜，她被人扰了思路心有不快，于是慢吞吞地走过去，看见有些烟雾缭绕的厨房里，穿着白色卫衣的他在盛菜。他似乎一直很喜欢穿白色衣物干活，每次染上油渍又表现得很懊恼，但又常常不长记性。菜是一道辣椒比鸡还多的辣子鸡，昨天为了庆祝新年，在饭店里点的，没吃上，被他打包了回来，然后又加了一些新鲜的鸡肉重新加工。

主食是新蒸的米饭，米粒上面放好小油菜和腊肠，蒸熟后成为不怎么正宗的煲仔饭，又加了一小勺酱油后，味道还算不错。除此之外，还有一道吃了许多顿的腌黄瓜，从冰箱拿出来后，清凉可口，仍旧很脆。

她倒也没觉得寒酸，只觉得是在过真正的生活，真正的生活珍惜在这一菜一蔬里。两人都没有浪费食物的习惯，和特定的日子无关。

在将近三十年的人生里，她做过好学生，早恋叛逆过，为了争一口气拼命努力取得过一点成绩，为了新鲜和体验顺遂心意做了许多自己想做的事。但，她觉得这样的人生不适合她，费脑筋而且累。所以，她把赌注压在他身上，她期待他暴富，然后养她，她的愿望是后半生当一个米虫，悠闲度日，好吃懒做。

他挺郑重其事地问她需要多少钱，她说她不贪心，大概一千万就够了，她不热衷于衣服、包和首饰，花费不过就是旅旅游、探探店，一个月两万足够，更何况她说自己又不是不赚钱了，还是会继续写小说的，因为写小说也是她享受生活的某种表现形式。在听了她富有感情的长篇大论后，他同意给她这么多钱，那天晚上她很高兴，好像真的拥有了这么多钱。他们还聊到了结婚，她说如果注定要结婚，那一定要今年结，错过了就再也没有"2021"这个谐音的年份。他很不解地看着她。

她常常幻想有钱后的生活，开什么样的车，住什么样的别墅，他送她什么样的礼物。但未来也许依旧穷困潦倒，也许未来没有他。她会常常问自己，如果真的分开，是否有遗憾或者怨恨。大概率是会的，毕竟曾经幽暗的光里，他们彼此照应，他们那么偶然又那么宿命地纠缠了这么多年。

年轻的时候，她说自己毕生都要追求真爱与自由，对世俗的法则感到不屑。年纪稍长，她又觉得熟悉和习惯的感觉真好，也只有在熟悉的人面前才能安心做自己。她也对婚姻不再反感，什么年纪就该做什么样的事，因为有些花朵注定绽放，即便天气微寒。也许是吧，她喜欢尘埃落定的感觉。当所有短暂都成为永恒，那些遥远的盼望总会到来。

后　记

　　2022年的某一天，我偶然读到了一首诗《有计划地浪费一生》。

　　这折起来险仄的一生/无非努力生存/使之丰盛/而一生茫茫于野/假如没有爱/没有奢求/我便是一条无处可归的河流。

　　这是令我感到惊艳的文字，于是不自觉地在心里记了这首诗许久，那个时候我还不知道有一天我会和写这首诗的人成为好友。直到南京出版社的邹编辑加了我的联系方式，我们不经意间聊起诗人曹韵，我这才讶异，原来我早就读过他的诗。

　　缘分有时候真的挺奇妙的，我们不仅同姓，而且都居住在青岛，于是我非常大胆热情地邀约他来我的店里小聚，果真一见如故。

　　他的人像他笔下的诗句一样，温润、真切、诚恳，周遭有一种很温暖的烟火气。

那日的他低着头，很郑重地在他的新书扉页上写下祝福，送给我和我的朋友们。他的身后是翠绿山峦，桌上的烤肉滋滋冒响，天幕因风吹来而微微鼓动，好像一切都是生活最原本的样子。

后来我筹备新书，曹韵也为我积极地想书名，而《有计划地浪费一生》成为书名征集投票中的票选第一。

真的是冥冥之中的缘分。

书的初稿完成是在2023年的5月份，而后便进入了漫长的修稿过程。

2023年的樱桃花开得特别早，和往年相比大概提前了半个月，于是4月便成了樱桃果子飞速生长的时期，同时也是我自洽自得的一个月份，我全心全意地扑到了新书的准备中，心无旁骛地去完成一件事的感觉真的非常棒。这本书和樱桃的成长期同行，是我觉得浪漫的一件事情。

这是我写得最舒心的一本书，这本书里我写下了许多我认为值得记录的片段，还有遇到的很多可爱的人，当然也因为回忆某些细节和对自我的剖析时忍不住落泪，那种感觉就好像被暂时隔离在另一个星球，然后面对地球上发生的一切，产生的疏离、沉静和共情。

后　记

我又变成了那个絮絮叨叨的小孩子，说了很多无聊但很想说的话，在快要三十岁的时候还能留有如此旺盛的表达欲是上天对我的宽厚，而你们在茫茫书架中挑选到了这本书则是我的幸运。面对这些充满瑕疵的文字，你们仍旧能够耐心地读到最后一页，更是对我的宽容和偏爱，想到这里就觉得很幸福。

我们的一生要做许多选择，而用文字来记录自己的生活，是我做的选择。在这个世上以文字的形式留下一些印记，不虚此生。

成为作家，写文章，仍旧是我目前能够想象到的最美好、最有意义的事。等垂垂老矣，就翻看年轻时候写的文字，时间给予我的温柔，最终成全了我。这一生，仿若画了一幅漫长的画，画面上有明亮的光，亦有折射出的阴影。

我像只蜘蛛一样，把这一个个看似不关联的字组合在一起，就形成了一篇文章，一张网，这些不起眼的字会为我带来收益，会支撑我的生活。

小时候在院子里看蚂蚁搬家的时候，我也没有想到过，那些用粉笔在墙壁上不经意写下的文字，会与我缠绕一生。

但遗憾的是，在选择要使用的文字时，我仍旧有很多词不达意的时刻。写作是漫长的，它伴随我们的一生，而写作这件事，更是要用一生去努力、学习和践行的事情。

在后记里许下我未来几年的憧憬已经成为一种习惯，那就再说说我接下来几年的计划。我想在我结婚生子之前，准确地说，可能是三十岁之前，能够有一段旅居生活的体验，去看一看祖国的山河，我可能沿路码字、拍视频、卖咖啡，去结交很多萍水相逢的朋友，用一个火花的刹那出现在彼此的生命里。

最后再折返，回来安心守着自己的小店，在山上种花种树，享四季明朗。

早些年，我习惯了匆忙前行，以为只有通过金钱、事业才能够收获快乐，证明自己的价值。后来我渐渐明白，过度追求某一种效率，结果并不一定能如我们心愿，相反，松弛有度的人生，才更具有幸福感与完成度。

有计划，有浪费；有自律，有懒散。

没有人比你自己更热爱自己的生活。

但远山长，云山乱，晓山青。

最后，我想谢谢为这本书付出的人，谢谢邹编辑和我不厌其烦地商量书里的每一个细节，给了我足够的创作的自由。她从一开始的时候便同我说："缦兮，我们不是编辑和作者，我们是朋友。"虽然写下这些文字的时候，我们未曾见面，但仍旧能够从她发来的字句中，感觉到她是一个无比温暖、耐心的人。

谢谢插画师北北和燕子，很积极用心地与我一起商讨这本书的插画细节。

还要谢谢与我一路走来的读者和粉丝朋友们，是你们的喜爱与支持，让我在这漫长的路途中，也能在心里拥有一颗明亮的星球。

早安，那晨光熹微里，热爱我们的热爱。

·

.